乡居文丛

路景涛——主编

素心——极简至美的时光

李小奔 彭治国 等著

GUANGXI NORMAL UNIVERSITY PRESS
广西师范大学出版社
·桂林·

素心：极简至美的时光
SUXIN：JIJIAN ZHIMEI DE SHIGUANG

图书在版编目（CIP）数据

素心：极简至美的时光 / 李小奔等著. —桂林：广西师范大学出版社，2018.9（2018.12 重印）
（乡居文丛 / 路景涛主编）
ISBN 978-7-5598-1120-2

Ⅰ. ①素… Ⅱ. ①李… Ⅲ. ①文学—作品综合集—中国—当代 Ⅳ. ①I217.1

中国版本图书馆 CIP 数据核字（2018）第 182016 号

广西师范大学出版社出版发行
（广西桂林市五里店路 9 号　邮政编码：541004
网址：http://www.bbtpress.com）
出版人：张艺兵
全国新华书店经销
北京博海升彩色印刷有限公司印刷
（北京市通州区中关村科技园通州园金桥科技产业基地
环宇路 6 号　邮政编码：100076）
开本：787 mm × 1 092 mm　1/32
印张：9.25　　字数：256 千字
2018 年 9 月第 1 版　　2018 年 12 月第 2 次印刷
印数：6 001~8 000 册　　定价：54.80 元

引言

·做一样，像一样

朋友有一天问我，素心是什么？

我一愣，脑中即刻想起一句诗："闻多素心人，乐与数晨夕。"

这是陶渊明的诗句。陶渊明归隐乡野，一边饮酒，一边赏花，"采菊东篱下，悠然见南山"。那真是好日子！——"此中有真意，欲辩已忘言"。

但素心是什么？

想到陶渊明的日常生活，真是沉醉天地大美，悠然忘我，而他的内心一片澄静——对了，素心，就是内心的简单平淡吧。

在中国的传统思想中，简单平淡是人生一种很高的境界。世间万千的事物，从简单而至复杂，再从复杂重归简单。真正的大境界，乃是不事雕琢的无为之境。因而，简单是一种绚烂之后的平淡，也是复杂之后的纯净。

心思简单、心地纯净之人，可以从世间万事万物中看见真意。遵从自己的内心，一门心思做自己喜欢的事，就是一种幸福。

这本书中，收录许多人的故事——有身心合一、念起念落、心到手到、物我两忘的制壶人，也有高山流水、万壑松风、苍苍茫茫、水光云影的斫琴师；有经历喧哗骚动、笑看人生过眼烟云的玩家，也有半醉半醒、半痴半真之间寄托人生理想的实验建筑师；有走很多路、去很多地方、看很多风景、遇见很多人的旅行家，也有不预设结果、不惧怕未来、坦然迎接每一个变化与明天的浪游者；有脚步坚定、心怀美好的志愿者，也有回归山野、吟唱日月的音乐人；有芥子须弥、微尘大千、与草相对的艺术家，也有放歌山林、与花缠绵、笔下大千、皆是自我的思想者……

每一位都是素心人。遵从自己的内心生活的人，每一天都充满欢喜。

但我们要知道，素心绝不是人们所说的闲云野鹤式的“佛系”，不是万事无关的消极避世，也并非看破人生的放浪形骸。素心，实则是一种积极认真的世界观，是真诚与坦然，是温暖与热忱；素心人从不拒绝改变，也不害怕未知；他们绝不会随波逐流，更不会得过且过。他们是对自己有清晰的认知的一群人，目标明确，目光坚定，他们比谁都更明白内心自由与个人奋斗的价值。

这也不由让我想起书中的一位主人公。他一路跋山涉水，披荆斩棘，披星戴月，寻寻觅觅；他充满激情，心思纯净，胸中既有魂牵梦绕的乡村情谊，肩上也负着士人贤者的家国担当；他怀抱美好的信念，坚信理想的价值，日复一日朝着一个目标努力——

“我就做我自己，朝着自己的目标前进。有茶时就喝茶水。没有茶时，喝白开水也行。白开水也没有时，喝露水也行。如若能够全情投入，爱一件事，爱一个人，并为之花费一生的时光，那才是一个人真正的幸福……”

数十年前，夏丏尊对李叔同有一个评价——“做一样，像一样”。这就是“素心”。人得此素心，便能从平凡的生活中看见诗性，看见境界，看见真意，看见大美。得此素心，便能在一粥一饭、日日劳作之中发现乐趣，发现自我，发现灵魂，发现人生的要义。

简言之，素心，便是极简、至美，便是心灵的大自在、大境界。

“闻多素心人，乐与数晨夕。”真好。愿你翻阅此书时，能从书中这些素心人身上，读到真意，读出真趣，读得真我。

编　者

目录

| 不羁 & 行路 |

| 天真 & 筑梦 |

| 放达 & 玩家 |

| 一心 & 造物 |

| 大爱 & 至美 |

不　　羁　　&　　行　　路

一大碗

90后，传媒公司职员，现居杭州。曾在2010年9月赴西部支教，那段特别的经历在她的生命中留下了浓重的一笔。

一大碗：在大凉山的星空下

文、图 | 一大碗

> “老师再见！”环顾四周，群山围绕，我寻觅这个正在呼唤的孩子的身影，他大概就在回家路上的某个山头吧，我没有找到他，可是声音依然不绝于耳。于是我也大声地对着每个山头喊：“再见！我们明天再见！”

最开始，只是因为淘宝上那家文青女装店。

那个自称倒买倒卖的服装小贩，在自家的电子杂志里，讲起自己从上海逃跑，到空气稀薄的白马雪山去支教的故事。他讲起因为水管爆裂而停水良久的山间小学，讲起一群朴实的藏族孩子。

还有这种活法啊！

这个原本让人不屑一顾的淘宝小贩，此刻屹立在巍峨的雪山山头；原本还为舒坦日子沾沾自喜的我，此刻成了山下渺小的仰望者。

我，刚从大学毕业，顺遂地进入一家不错的传媒公司。

我的生活很平静。气派的写字楼，进门就见帅气的保安小伙跟你问好，电梯里时不时遇见西装笔挺却焦头烂额的青年，或是修长挺拔的职业女性，就像少女憧憬的电视剧里的职场女性那样。

除了离家稍远、下班堵车以外，这份工作没什么好抱怨的。

但是我得了异想天开的病。每隔一段时间，就得搞点花头矫情一番。不过多数时候，想过就算做过了。但是这一次，我平静的生活居然被刷淘宝打破了。

然后，“四川省索玛慈善基金会紧急短期招募”的微博适时闯入。

当我告诉小伙伴，我决定去支教时，他们给了我五年前决定做老师、三年前决定当记者、两年前决定考研、一年前决定好好赚钱时一样的反应——去去去！

通过支教报名审核之后，我只给基金会打过一个电话，告诉他们，我会在下个月月初来报到。

此后，办理辞职手续，准备奔赴四川支教“前线”。尽管如此，我仍然有着不可名状的恐惧。

我后悔了，我想回家

当我终于出现在西昌机场时，基金会的人反而诧异了，大概是他们见惯了很多报名者没有下文、不了了之。

没有想象中的热烈欢迎，没有慈善机构里理所应当的温暖。办公室里各忙各的，偶尔来个支教老师，和熟络的志愿者私聊甚欢。

有人拿个文件给我——《索玛花支教工作手册》。“看吧，这就是你今天的工作。”

然而我内心一直在恐惧。如果你问我怕什么，我大可解释出一大堆：怕地震，怕虱子，怕站上讲台，怕洗不了澡，怕爬山，怕黑，怕小孩子，怕自己不到一个星期就哭着跑回家丢人，怕所有可笑而幼稚的小事。

到达西昌的第二天，尚未尝到任何苦头，我就一把鼻涕一把眼泪地给家里打电话，我后悔了，我想回家。

幸好，我很快被“打包”上山。接下来，是为期一周的山里培训。

离西昌市区最近的索玛花爱心小学，从山脚下的四合乡走上去，两个钟头就到了。

几年前登山狂魔“老邪”路过这里，见到背着木柴或娃

我很快被“打包”上山。接下来，是为期一周的山里培训。

的孩子，便再无法视若无睹。多方联系，四处奔波求助，终成“索爱”，这才有了这所爱心小学。

在高山面前，师范专业、小学实习经验，这些履历不堪一击。这山里的一周培训时间，颠覆了我的观念。

听课、备课、上课，训话、改作业、开教研会；虱子窝、潮湿的木柴和伙房、堵塞的简易茅厕……我不敢触碰孩子，尽量逃避学生宿舍，小心翼翼地上厕所，因害怕虱子而浑身包裹得不留一丝缝隙，睡觉也不翻身……

第一堂课

四川省西昌市美姑县尼哈乡安曲村小学。刚到时，我管它叫：这个鬼地方。

这个鬼地方够高，半路上就用突如其来的高原反应把昏昏欲睡的我惊醒，吓得我以为自己就此聋了。

这个鬼地方真冷，七条棉被和两个热水袋，是基本配备。这个鬼地方潮得很，褥子湿得能拧出水，每天不掀开晾晾就发霉。这个鬼地方爱刮妖风，好好的五星红旗愣是刮碎了，撒泡尿就是一屁股的风中凌乱。

在这个鬼地方，人们围观学校就像逛动物园。满地跑的鸡狗猪牛羊兔，甚至传说中的熊猫都不奇怪，唯有汉语老师，

位置
zuǒ yòu qián hòu shàng xià
左右 前后 上下
多少

索玛花爱心小学

才是珍禽异类。猛一抬头，你总会被那些不知何时探进房间的脑袋惊到。

可是对着那一张张粗糙却难掩纯真的脸，你没法生气，没法责怪。

我们的第一堂课，是教小朋友使用厕所。

踩在哪里，蹲在哪里，精细讲解每个步骤。黑板上画图，用肢体动作亲身示范，并且请男生女生上来表演一下。接着跑到茅厕门口排好队，逐一进去练习。最后，全校师生一起清理厕所。

孩子时不时哧哧地笑着跑出来，用彝语窃窃私语几句，使队伍一片哗然。这时我须得使尽全力，才能憋住笑意，做出生气的样子斥责一番，好让大家相信，上厕所是一件必须严肃对待的事情。

“老师再见！”

“再见”，是孩子们学会的第二句汉语，第一句是“早上好”。第一次对着每一个进教室的孩子大声说“早上好”的时候，他们只是呆呆地看着你。“早上好！”你又说了一次，这时兴许他们会低着头害羞地跟你咿呀学语一句：“早上好。”

当然，尽管是第一次看到外面来的老师，但在孩子的世界里，熟络起来的时间就是那么短。到了放学的时候一切就不同了。孩子们排着队，一列一列地逐个和每位老师大声挥手告别：“再见！再见！再见！”那场景，比《音乐之声》里的孩子们吟唱着晚安告别宴会的样子，更柔软温暖。

我们也不断地重复这句话，看着他们向四面八方的山头走去。时不时地，孩子们会停下脚步转过身，再次喊道：“李老师再见！张老师再见！”

我也笑着回应“嗯嗯，再见！”这时孩子们的兴奋突然一发不可收。忽略告别的含义，只是将告别变成了游戏——双脚站定，用那种山里人特有的嗓音不断地喊：“再见再见——”只为等着你同样嘹亮地回答。

后来我数了数，七十个孩子，我至少得说四百个“再见”，才能真正将他们送走。

其实，就像孩子们一样，那也是我的第一次。第一次来到两千四百米的高山生活，第一次给一句汉语都听不懂的娃儿教书上课，也是第一次和彝族孩子近距离接触，成为朋友。和他们一样，我不安、焦虑。

可是那天下午，大概放学了半小时之后，当我在学校后院突然听到远处传来的喊声：“老师再见！”

环顾四周，群山围绕，我寻觅这个正在呼唤的孩子的身影，他大概就在回家路上的某个山头吧，我没有找到他，可

是声音依然不绝于耳。

于是我也大声地对着每个山头喊:“再见!我们明天再见!”

满天星光

一到冬天，太阳下山得早，没有路灯这种可爱的东西，夜晚黑得很彻底。宿舍到茅厕的短短二十米路，对胆小的我来说，堪比西天取经的难。不管邻家犬吠，还是枯叶沙沙，都是我脑中的小妖怪。

某夜，当我又一次用逃命的速度冲进厕所时，我似乎听见了土墙外微弱的脚步声。可是探出头去，那里一片漆黑。瞬间我头皮发麻，一边挤出一丝声音问道:“谁?”一边举起手电。

光影里，我的室友正朝我摆手，“关了关了!这么亮开什么手电!看不见了!”说着继续仰着脑袋——噢，看星星呢，真不少!漫天星斗，一闪一闪铺满银河，就跟照片上、电视里看到的一样。

她在看星星。她就这样伫立在黑暗中，痴痴仰望着星空。我也看，可是却什么都感受不到，就像看着照片、电视一样，就像看着城市里雾霾密布的夜空一样——麻木。

后来有一晚，我和室友拎着两个水桶，去隔壁借水。水流以滴漏式的速度缓慢流进桶里，我们只好傻等。闲来无事抬头看天。一如往常，是比钻石更璀璨的星空。瞧这儿！左右各三颗，中间两颗，这是猎户座的腰带。那边有个“W”，是巨蟹……

就在我的室友饶有兴趣地比画时，我眼前闪过一道光，拖着长长的尾巴，穿过银河，消失在黑暗里。

流星！我惊叫一声，激动地扯着室友的胳膊。

此后的三小时里，当流星雨接连滑落时，我真切地被感动到了。

后来回想，大概就是从那天开始，“这个鬼地方”变成了“我们这儿”。

也是从这天起，我开始炫耀我们这儿的美丽——云雾缭绕的山谷，云破日出的雪山，还有“疑是地上霜”的满地月光，都成了我眷恋不已的奇迹。

我也不怎么用手电了，不知不觉站在茅厕旁的黑暗里，从猎户座找到巨蟹座，一站几个小时，觉得这么充实地浪费时间真好。

甚至一想到不久以后，我就将离开这片星空，便不自觉地为回家而伤感。

可是不知道为什么，我始终看不到最著名的北斗七星。

临别前晚，我花了一整夜寻找，依旧不见，终于放弃，打算抱憾而归了。万没有想到，第二天凌晨五点，天还没亮，星空和昨夜一样美丽，当我们为赶去县城的车起早时，我看到了显眼的北斗七星闪烁在半空，似乎要与我告别。

我们目送着彼此离去。

宛小诺

地理系毕业生，写作爱好者，旅行达人，做过记者、编辑、银行职员。从未停止折腾，所以奔波于忙碌的工作和平凡的日常，亦行走在远方天地的壮阔和感动中；相信生活既可以是西子柔波的岁月静好，也可以是雪山草原的浪迹天涯。她的人生信条是：找到自己想要的生活，活成自己喜欢的样子，不急不怨，自在欢喜。文章见于《青年文摘》《大学生》《中国西部》《西藏旅游》等杂志，并被广泛转发于“人民日报”“十点读书”等微信公众号。著有畅销书《喜欢自己，世界才会喜欢你》《高黎贡山下雪了吗》。

宛小诺：相遇在此间，重逢在天涯

文、图丨宛小诺

走很多的路，去很多的地方，看很多的风景，而最珍贵、印象最深刻的还是旅途中遇见的人——他们身上生动的故事，他们不一样的人生态度。遇见这些可爱的人们，旅途不再只是单纯的步履和风光，而有了更丰富的颜色，有了温度，有了厚度。我们曾经同行相伴过。这样的相伴，温暖了彼此的旅程。

1.

朋友静看了关于克孜利亚峡谷的那篇游记后说：“有机会咱再一起走一趟吧。小米、老朱都结婚了，估计就我还自由点。”

但实际上，静也没得自由，她在银行工作，常常是连轴转地加班，就算节假日也会被各种临时突发事件打乱计划。

然而经她这么一说，细细一想，瞬间就感到了时光的飞逝。静和我、还有小米、老朱，是2013年一起结伴去敦煌、

2013年，甘肃敦煌，鸣沙山下，我们的影子和不远处的月牙泉。鸣沙山的沙峰以陡峭著称，所以爬鸣沙山一步一滑颇为辛苦。但下来却很便利，只要一屁股坐在沙坡上，就顺着沙子一起滑下来了。

2013年，甘肃祁连山腹地。

前往七一冰川的小路曲曲折折，我们踩着碎石子，从海拔3800米走到4200米。

2013年，甘肃祁连山，七一冰川。

三小时的徒步路程中，群山后总是时隐时现地露出一点白。直到一个峰回路转处，一整条巨大的洁白的冰川完整地展现在我们眼前，那一瞬，整个世界都因此而发亮。

2013年，青海湖，黑马河日出。

在冰点以下的气温中等待太阳出现——豆大的红，三分之一圆，半圆，三分之二圆……几秒之内，一轮红日全部跃出了水面，天地一片赤金。

七一冰川、青海湖的同伴。那年在青海分别后，除了同在杭州的我和老朱刚开始见过两三次外，四人再没聚过。

那一次去西北，印象最深的有两个小细节。正在我要跨上兰州至敦煌的火车时，忽然有人拍了一下我的后背，我回头，一个高瘦机灵的姑娘看着我笑："你就是诺吧？"当时同行的四个人是在网上约的，都没见过面，我点点头，本能地说："你是静吧。你怎么能在背后认出我来呀？"她指指我背后的背包："你出发前不是发了张行李的照片吗？我刚在人群中一眼就看见你的背包。准没错了。"

迎着满天繁星，一步一滑地爬上鸣沙山去看日出；踩着海拔4000多米的碎石小路，一起爬上七一冰川——是苍茫寂寥人烟稀少时候的陪伴。兰州机场大巴混乱的人流中，一个人放行李一个人检票上车的配合；游人摩肩接踵的张掖丹霞，互相照顾着挤进塞满人的摆渡车——是拥挤混乱时候的帮扶。让本可能是孤身一人而凄惨的处境，变成了温暖和美好的经历。

另一个细节，是在西宁的最后一个晚上。当时静已经提前一天回去了，老朱、小米和我从超市买了一些特产后，竟不约而同地说要买啤酒。因为这一次同行的几个年轻人都比较文气，所以一路都没有喝过酒。可能是马上要结束旅行了，即将要回到各自都有点小烦恼的生活和工作的压力中，每个人心里都有点不舍和无奈。走到西宁市中心的大广场中央时，我们三人忍不住席地而坐，拨通了静的电话，拉开啤酒的易拉罐，高高举起，煞有介事地碰了一下。异乡城市的街头，认识时间不长却共同走过一程的伙伴，清冷干燥的夜风吹拂和酒精的微微刺激。忘了我们具体聊了些什么，却一直一直地，记住了那一个场景。

2.

和敦煌四人境遇差不多的，不由得让我又想起2014年夏天去甘南和年保玉则的四人组。同行的阿亮前年结婚了，小伊也在去年做了母亲。我还记得那时在青海湖边，老没正经又有点有趣的文艺青年阿亮做了一首特没有诗意的诗：

很小很小的时候就想 / 长大了买个相机买件婚纱 / 来青海湖边拍结婚照 / 让青海湖为我做个证 / 而如今相机便宜了婚纱便宜了 / 人却贵了 / 于是只好拍了一个人的袈裟……

两年后，即使是很“贵”的爱人，阿亮总算还是遇上了，不过他没按小时候想的那样去青海湖拍婚纱照，而是去了南方的云南。阿亮和小伊的朋友圈由晒风景变成了晒孩子，所

2014年，四川若尔盖草原，九曲黄河第一弯的日落。

到达的时候刚刚下过一场暴雨。但是老天爷似乎看到了我们千里迢迢而来的诚意，天边的云层渐渐消散开了，夕阳的光芒穿过云霞，倒映在平静的河水中，红色笼罩四野。

2014年，青海果洛，年保玉则徒步途中。

聚集了一早上的浓雾终于抵不住阳光的照耀，翻腾着上升、消散，露出了碧蓝如水晶的仙女湖。湖那头，千万年冰川雕刻出的冰蚀谷，宛若一朵盛开的莲花。

2014年，青海门源。

一路翻山越岭，陆陆续续闪过的金色犹如跳跃的音符。直至我们登上青石嘴的观花台，百里油菜花的交响曲终于奏到了最激昂澎湃的高潮。目光所及之处，俱是一片金色，真真是油菜花的海洋。

以，也就剩下小 Q 和我偶尔还会聊一聊下一站打算去哪里哪里的旅行计划。最近几年，每次去上海都很匆忙，已经很长一段时间没见过在上海的小 Q 和小伊了，而远在山东的阿亮就更不要说了。

记得去青海湖那天，我们下载了朴树的《平凡之路》连接到车载播放器里："我曾经跨过山和大海 / 也穿过人山人海 / 我曾经问遍整个世界 / 从来没得到答案 / 我不过像你像他像那野草野花 / 冥冥中这是我唯一要走的路啊……"伴着那有力的节奏，车子一路疾驰，身侧快速地闪过青海湖浩瀚广袤的蓝色湖水，时不时有骑行的人和我们迎头而过，真真是应景啊，直击心灵。

前往门源的路上，我们遇上了堵车。堵路上的时候，我们在车里闲聊，聊到远方的梦想，聊到未来的计划，也聊起生活、工作里的苦恼和郁闷——虽然我们三个女生的烦恼时不时被阿亮的一句玩笑话否定掉。那一次的三个同伴，我都是第一次见到。但除了阿亮，我和小 Q、小伊早已神交久矣——两年前的夏天，我无意中在网上看到一个组队去北疆赏秋的帖子，随手留了言。临近秋天的时候，发帖的楼主告诉我她不去了，但给了我另一个也有此计划的姑娘的联系方式，那姑娘就是小 Q。虽然后来我俩各自找了队伍并未同行，却一直都保持着联系，从旅行交流到生活、工作、情感，成了没见过面的好朋友。之后一年的夏天，小Q拉了朋友小伊，和我一起计划去甘南，虽然因为恶劣天气临时取消了行程，我却因而认识了同爱旅行爱摄影、笑起来有虎牙特别温暖的文艺妹子小伊。

倏忽又过了一年，城市里重复的定势的生活压得我喘不过气来，我跟她俩说：“我们去甘南吧。”她们说好。

时隔一年后，我们终于在兰州见到了彼此。

相似的灵魂，终会走到一起。我一直这么相信。

我记得那一天，我们在达坂山上堵了三个多小时，朴树的《平凡之路》单曲循环了六十多遍。

3.

2012年，我在杭州，千鹤在北京，可我们第一次见面却是在西藏的林芝。那个春天，我临时决定去林芝看桃花，急着在网上找人，于是遇到了她。虽然因为出发时间不同没能同行，但因为投缘，特地同在八一镇时相约见了一面。后来一直到三年后我去北京培训，我们才在南锣鼓巷又见到一回。

在比上一次时间充足得多的相会中，我们有机会交流更多对生活、对职业、对爱情的想法和观点。两个人隔着长长距离的惺惺相惜，真的是因着性格中的共同点，比如都很清

2012年，西藏林芝，雅鲁藏布江大峡谷里的桃花。

春天的雅鲁藏布江好似一条孔雀蓝色的绸缎。满山谷的桃花盛开如粉色云雾，一团团，一簇簇，笼罩在翠绿的麦田与蓝色的江水之上。看到这样的景象，脑子登时就冒出陶渊明的《桃花源记》：忽逢桃花林，夹岸数百步，中无杂树，芳草鲜美，落英缤纷。

2012年，西藏昌都，来古冰川。

站在终碛垄上，前方的冰湖阻断了道路。原路折回时，无意间回头，天空好像开了个洞，一束阳光从中穿过，洒在洁白的冰湖上，流云千转，光芒万丈。那一瞬间忽然体会到何为“天地有大美”。

楚并坚持自己想要什么，比如都偏向于安静内在的生活方式，比如都不愿向所谓的“应该”妥协。她说起以前还在新浪上班的时候，中午有时会去未名湖边散步。或许，在那个时候，我们就曾擦身而过。

还有一个因西藏而结缘的姑娘，是晓月。那个春天我在林芝赏完了桃花来到拉萨，一个人在拉萨晃悠。我记错了色拉寺辩经的时间，到得太早，只好百无聊赖地在色拉寺迷宫般的僧房里一圈又一圈地走，当我再次回到辩经场紧闭的门前，看见那个到得比我还早的女孩依旧坐在阳光里的红色大门下。她戴着一顶宽沿渔夫帽，低着头静默不语。我走过去坐在门沿的另一边。过了一会儿，可能是我真的太无聊了，于是就找那个女孩说话。没记错的话，对话的开始应该是我问她这里是不是辩经的地方。

这个女孩叫晓月，那一天，她也一个人在拉萨游荡，等待着即将出发的阿里线。于是我们聊起林芝的桃花海，聊起绿色的然乌湖，聊起米堆冰川徒步，当然，还有我憧憬了很久很久却一直没有时间去的阿里。那时离辩经还有一段时间，色拉寺里没什么游客，只有说着藏语、前来祈福的当地人，我们俩就坐在拉萨热烈的阳光下聊得火热，聊得脸都红了。记得当时印象最深的就是我问她怎么能有这么长时间的假期，她笑着说:“反正我做好了老板不批准就交辞职信的准备。”

我们在色拉寺告别，第二天她出发去阿里，几天后我回杭州。没料到的是回到公司没几天，就收到一纸调动通知，毫无预兆地把我从原来的部门调到了新成立的分支机构。那段交杂着委屈、不适、排斥、无奈各种低落情绪的时间，或许只有跟着晓月的微博神游了一趟“大北线”才算得上是拥有一丝乐趣和希望。

后来的几年里，虽然没再见过面，但发达的社交网络还是让我们互相观望着彼此的生活和脚步所抵达的地方。记得2014年那个对我来说有些难熬的夏天，对职业的纠结和情感上的困顿让我的生活陷入了昏暗的僵局，偶尔翻开朋友圈，看到晓月发的照片和文字，字里行间感觉到她似乎告别了之前的生活。一直都在路上，去墨脱，去新疆，去甘南，去云南，马不停蹄。

我问她:“辞职了?”她回复:“是的。”她说曾经以为再努力几年，就能积累到有说走就走的自由，谁知道变化就是来得这么突然，在不经意间就偏离了自己原来的计划。当那座砌到一半的大楼被人一推瞬间轰然倒塌时，她心里充斥着那种剧烈的委屈的无助的却又找不到方向的感觉，所以她又上路了。在大山大水间逐渐发现——山穷水尽的前方是柳暗花明。

不知道几个月后我交辞职报告的决定是不是受了她的一

点影响。那时，只觉得有个声音一直在我的心底回响：有些事、有些改变如果现在不下决心，以后就更没有勇气去做了；人这一生哪会有一辈子的安全感，总要去经历几回破釜沉舟的考验……

所以，是缘分，还是巧合，让我们几乎在同一时间做了类似的人生决定?

我从金融领域跨到了我自己感兴趣的文字工作，而她从外贸业务转换到她喜欢的户外和旅游业。再一次见到晓月时，是她去宁波踩点路过杭州。当我看见她背着五十升的大背包站在城市的拥挤人流里时，瞬时生出了时光倒流的错觉。窗外下着很大的雨，可我却仿佛又感受到了日光之城的阳光灿烂。

那个时候，晓月正开始创业，结识了志同道合的朋友一起成立户外俱乐部，自己带团队。如果说，那会儿她既对创业初期的不确定和辛苦充满了忧虑和迷惑，却又完全沉浸在自己喜欢的事情里，那么现在，她已经是全然自信地、自如地、有条不紊地经营着自己的事业。每每看到朋友圈里她在世界的各个地方留下的笑容，就忍不住想起当年色拉寺里她说“反正我做好了老板不批准就交辞职信的准备”的洒脱。她曾经辛苦等待的能随心而走的自由，已经提前到来。如果她当年在色拉寺许下的是这样一个愿望，那可真灵验。

2012年，拉萨色拉寺，热闹的辩经场面。

辩经，是对佛学知识的一种讨论方式，通常是两人一组，一人坐着，一人站着。站着的那一方，发言时用力一顿脚，一击掌，好像把问题抛向对方。虽然我听不懂他们说的话，却也能从他们激烈的辩论中感受到那种酣畅淋漓的快感。

4.

前几天在转播的平昌冬季奥运会闭幕式上看到“北京八分钟”的演出，猛然发觉2008年北京夏季奥运会原来已过去了十年。2008年，在北京上学的我却错过了那一场隆重的盛事，但那个夏天选择去英国实习的经历却让我的2008年更加精彩丰富而令人记忆深刻。

结束了两个月在爱丁堡的实习任务后，我独自来到伦敦。相比在苏格兰时每次出游都能找到其他学生或朋友同行，英格兰之旅基本是一个人的孤旅。阴天的时间，就泡在各个大大小小的博物馆、美术馆；天气晴朗的日子，就坐火车去其他城市。来到剑桥的那天，我一个学院一个学院地参观过去，巧的是，在好几个学院，都遇到一个中国面孔的男生。当第三次还是第四次遇到的时候，可能都觉得巧合，两人相互微笑示意了一下。

按我原来的想法，剑桥和牛津两个地方是要错开参观的。但第二天依旧是明媚的好天气，为了不浪费那样的蓝天白云，我去了牛津。下午，在人流往来的热闹的牛津街头，我竟然又迎面遇上昨天在剑桥撞见好几次的那哥们，这回两人都忍不住要打招呼了。

2008年，英国牛津，正好遇上一年一度的入学仪式。

虽然大部分学院因此停止了对外开放，但满城穿黑袍的学生却给这座世界名校增添了更多肃穆厚重的学院气派。

2008年，英国坎特伯雷，细雨中的小镇。

英国的雨总是说下就下，暮色刚刚降临，街道上却早已没有了人迹。

这个男生叫 David，是香港人，那个夏天刚在伦敦读完研究生。他说他的同学都回国了，但他还想趁着这最后一点自由时光在英国走走看看。我好奇他在香港和伦敦做学生的经历，他好奇北京的奥运和我在英国的旅行，两人相谈甚欢，便结伴游完了牛津的最后一段行程。他当天住在牛津，我们在火车站告别。因为临回国，他的手机号码已经注销了，我们便没有留联系方式。

因为连续两天在外走动，我在伦敦的博物馆“休整”了一天。我记着 David 说起过他的旅行计划，想着之后那天他会去坎特伯雷参观大教堂，我也就一早出门去坎特伯雷。然而，当我坐上前往坎特伯雷的火车，发现这一趟火车也是去往多佛的，立刻又想去看看多佛的白崖，就临时把票补到了多佛。本以为去了白崖再回坎特伯雷，也不会太晚，却没料到火车晚点，到达坎特伯雷竟已四点多了。我一边担心大教堂要关门了，一边想着 David 肯定已经回去了。

当我急匆匆地赶到大教堂的售票处时，空荡荡的大门口，只有一个人影，竟然就是 David！他看到我，也很吃惊：“你怎么也来得这么晚？”原来他临出发前被一些回国的手续事务耽搁了——于是我们又在坎特伯雷遇到了。

在欧洲的小城里，迷失很容易，相遇也很容易。

天下着小雨，夜幕即将降临，大教堂内部原本不准随便拍照，但因为彼时除了祈祷的信徒已没有游客，管理员破例允许我俩拍照，也真是意外收获。

在伦敦分别时，我和 David 互留了 MSN。回国后，也经常在网络上交流彼此的学习、工作和生活方式，听他讲香港生活的快节奏、青年人打拼工作的辛苦，以及他姐姐结婚了家里人开始“盯着他了”的苦恼。只是后来在我毕业工作后，MSN 用得越来越少，直至 MSN Space 被关闭，和 David 也就彻底失去了联系。

不知道他现在是否一切都好。然而每每想起那时候——在没有便利的通信和社交网络的状态下，没有约定和计划的一次次偶遇，反而更叫人感觉到缘分的神奇和美妙。

5.

2009 年暑假，在跟着导师完成了川北的野外调研后，师兄弟妹们都回了北京，我一个人继续留在成都晃荡着。那会儿，国内的青年旅舍还未像现在这么普遍，但作为入川进藏出发地的成都，青旅已非常流行——梦之旅、九龙鼎、龙堂几乎天天爆满；最后按着 Lonely Planet 的推荐，我找到了交通国际青旅。也就是在这里的第一个晚上，我结识了刚从拉萨飞回来的嘉嘉——长得很南方的广州女孩，小小的个头，

2009 年，峨眉山，没有尽头的登山台阶。
若没有她俩的陪伴和鼓劲，不知道我能不能最终爬到山顶。

却背着很齐全的装备。

她兴致高昂地给我看她在珠峰拍到的璀璨的银河，跟我讲在大本营高反的痛苦和彻夜难眠。我们一起去春熙路的小巷子找好吃的串串香和香辣蟹，一起坐在锦江边等落日。之后的几天，我们几乎一起完成了在成都周边的所有行程。和她特别有一见如故的感觉，不仅仅是对旅行有相近的偏好，而且我俩的性格也都属于随遇而安型。从成都准备去乐山的途中，她不小心丢了手机，我本以为她会暂时放弃去乐山和峨眉了，然而伤心和难过的情绪并没有困扰她多久，她说要诚心地拜拜大佛，说不定会转运的；说终于可以买一个新手机了；说她最舍不得的，是手机里拍的大熊猫的录像。看，就是这样豁达洒脱乐观的姑娘，因为心存美好向往，一路上不经意的挫折和变故也变得无足轻重。

从乐山到达峨眉山下时已近深夜，当我们在一片黑乎乎的房子看到“3077YHA”的指示牌时，两个人默契地冲了过去。我们故作熟悉地和老板打招呼，好像早就预订好了似的。我们欣慰地笑着说，YHA（青年旅舍联盟）就好像旅行中的家，找到了那个绿色的标志，就有了回家的感觉。

初知青年旅舍是因为大学好友桔子，记得那时候她总是用她极靠前的 YHA 会员号向我炫耀；习惯青年旅舍是2008年在英国，她们让我在爱丁堡之外的旅行有一个温暖的居所；

2009年，峨眉山金顶，不完美的日出。

雷洞坪住店的老板说我们运气很好，持续了四五天的阴雨在我们爬山的这天停了。即使第二天早上依然没有完整的日出，但那一道红得犹如火烧似的光带和仙境般翻腾的云海，已足够让我对峨眉山毕生难忘了。

2017年，黑龙江雪乡，羊草山日出。

零下二十多度的低温，是我经历过的最冷的一次日出守候。然而浓雾却先于太阳而至，直到东方既白，冻了一早上的人们终于失望地纷纷离去。我走得极慢，一步三回头。没走出太远，忽望见半空中一团红光正挣扎着撕裂着浓重的晨雾，照亮了玉树琼花的雾凇枝，天地空灵。

而爱上青年旅舍却是在四川，她让我结识了可爱的同伴们，完成了一次美妙的旅行。

“3077”，是峨眉山金顶的高度，也是这家旅舍的名字。种着睡莲的庭院里烛光点点，推开质朴厚重的木门，布艺台灯正透出柔和的橙光，木头茶几上整齐地摆放着一排关于旅行的书，宽大的沙发正好可以安顿旅人疲惫的身躯。

就是在这样温暖的灯光里，我们遇到了来自惠州的珊珊——一个读旅游专业、精力旺盛、一往无前的大二女生，一个人刚从海螺沟跑到了峨眉山下。第二天，我们仨一起爬峨眉山，珊珊性格活泼，一路和途中遇到的人打招呼，相互打气鼓劲。爬山路一直是我的弱项，更何况峨眉山上动不动就是望不到头、令人走到绝望的石台阶；还好有她俩的欢声笑语和加油鼓励，那九个多小时的上山路才不至于那么痛苦和难熬。而那一个住在雷洞坪的夜晚，身下是热得发烫的电热毯，身上是混着峨眉山顶水汽的潮湿棉被，三个人蜷缩在两张拼在一起的床上。尽管爬山之后全身酸痛、无比疲惫，却辗转反侧几乎彻夜未眠，也真是煎熬却叫人终生难忘的旅途经历。

只是那一年分别后，我和她俩再没见到过。嘉嘉在广州的一所学校工作，每年的寒暑假都是她雷打不动的旅行期。珊珊后来去新西兰打工旅行后就留在了那里，至今依然精力旺盛地满世界跑。

6.

2017年末，在从长白山去往雪乡的七小时客车上，一个大姐坐在我的旁边，在漫长的旅途中，我们时不时地聊着天。后来在雪乡分别后，她给我发消息说，她在税务局上班，还有一年半就要退休了，她年轻时也曾向往着周游世界，可是她们那时候没有条件，也没有理念，人生大半辈子就这样过去了，有点灰心丧气。这一次巧遇到我，让她眼前一亮，突然觉得自己还可以实现梦想，只要有勇气，就不放弃。

她的这一段话也深深打动了我。她从我的身上看到了梦想和动力，而她又何尝不是让我看到了乐观和年轻的心态。

走很多的路，去很多的地方，看很多的风景，而最珍贵、印象最深刻的还是旅途中遇见的人——他们身上生动的故事，他们不一样的人生态度。

他们或潇洒豁达、或有趣幽默、或博学深刻、或从容自信，他们对生活的热情和劲头，在每一次相遇，以及之后的生活中触动我、感染我、影响我。因为遇见这些可爱的人们，旅途不再只是单纯的步履和风光，而是有了更丰富的颜色，有了温度，有了厚度。

有时不经意回头看，会猛地发现，从大学开始独自旅行

2017年，黑龙江，从雪乡徒步去雪谷的路上。

密密匝匝的松树、杉树、桦树的枝干遮住了蓝天和阳光，林子里显得幽暗而静谧，只听见一步一步踩着厚实的积雪发出的嘎吱嘎吱声。

起，一次次在路上结识的人，不知不觉地，到现在都已是相识十几年的老朋友了。我们早已从短暂的旅途，走进了漫长的人生。

当然除了这一些因为志趣相投或生活状态相近而一直联系着的朋友，更多的人，只是萍水相逢、擦身而过，像两条交叉线，在一个交点后，又逐渐消失在各自的世界里。

但我们曾经同行相伴过。这样的相伴，温暖了彼此的旅程。

而这样的旅程，丰盈了我们的人生。

Ken

旅行爱好者。喜欢路上的风景，也喜欢在路上遇到不同的人。曾在一次旅途中遇到村上，邂逅爱情。他坚信，不只是去很远的地方才叫旅行，有时候身边一公里之内的行走，也可以叫作旅行。只是要看你有没有带着“心”。

Ken：下个旅途遇见你

文 | 村上

一个异乡的夜晚，一个暴雨滂沱的世界，一个小的空间，一次被打翻的香氛笼罩的私密记忆……他却来不及问她的名字，没有留下她任何联系方式。人生是一次次的遇见。可是对于不珍惜的人来说，这样的遇见又有什么意义？只有抓住它，遇见才是有意义的。

Ken 背对着我。他右手端着一杯咖啡，望向窗外耸在云雾之中的东方明珠电视塔。他的身材不错。他的整个造型优美得……怎么说呢，像在拍一个纯美 MV。而周围的一切不过是个布景。

“喂，不要这么装行不行啊。”

Ken 转过身来，我手上拿着一本书——《纯真博物馆》，是一本砖头一样的小说。我不知道 Ken 还看小说，而且我是没话找话说，这样憋下去会死人的。

“你不懂。”他说。

我环顾四周，这间卧室大得可以，有40多平方米吧，白色的大床像铺在云朵之上，四面还有白色罗幔，这种布置简直要让人眩晕。我不喜欢卧室太大，没有安全感，冬天会感觉冷清。但是Ken走过来，牵起我的手说："有我在，你还会感觉冷清吗？"

我马上甩开了他的手。

"喂，我们又不是很熟，不要这样好不好？"

Ken笑了，他放下手中的咖啡，像一头准备开始捕食的野兽一样笑着注视我，然后张开了双手。

房间里弥漫着的气氛，是一种似曾相识的气息，如同往事一样把周围的一切覆盖。音响在某个角落里响着。我想这一定是Ken预谋已久的场景，没有人会这样费心经营每一个凡俗的日常生活。但是后来我知道，这就是他凡俗的日常生活，他就是这样经营他的每一个日子的。

我几乎觉得自己逃不掉了。

两年前Ken还在一家广告公司上班。老板把一份文案摔到了他的脸上。

"要把汤唯请来，好啊，我们咬咬牙能做到，你还要把安吉丽娜•朱莉、杰西卡•阿尔芭请来，你是想开海天盛宴啊！这么华丽这么奢靡这么火爆的文案，你是想拿奥斯卡最佳广告片奖吗？你也不想想我们到底是给谁做广告！就是一做土鳖生意的啊，你想怎么让人家高大上啊！”

Ken 是一个特立独行的设计师，他的每一份作品都能出人意料、让人大跌眼镜。Ken 说：“作为一个设计师，你跟别人一样，那活着还有什么意思。就算整个世界都投了你的反对票，你也可以试着去和这个世界沟通。”

“沟通！沟什么通啊！人家李老板一年卖三十万只土鳖，一百万个王八蛋，他听不懂你说什么啊！”

Ken 说：“一百万个王八蛋，那岂不是遍地都是王八蛋了？”

他拎起自己的 LV 包包，潇洒地走出了老板办公室，并且从那以后他再也没有回过那家公司。

Ken 也是个王八蛋，而且是个不差钱的王八蛋。他老爹在他还在读复旦视觉传达系本科的时候，就为他在外滩最繁华的地段买下了200平方米的豪宅，当同学们为毕业设计挠破头皮、为进一间4A 广告公司费尽心血的时候，他正在悠哉游哉地和低两级的学妹眉目传情。他老爹让他回自家的公司做事，他却一扬头义无反顾地投入了一家名不见经传的广告公司为别的老板打工。

“月薪多少啊？”有一天他老妈问他。

“干得好的话，一个月有一万多啊。”他说。

Ken 遇上暴雨的时候天都已经黑了。

那是在尼泊尔。

从拉萨坐了一天一夜的大巴车，去了国境边上的小县城聂拉木。在那里，他把身上带的几千块钱换成了六万卢比，然后过了海关，站在友谊桥对面。他和几位游客一起，坐上了一辆越野车。越野车在尼泊尔的盘山公路上飞驰起来。

车里的人不时发出“啊”“哇”“天啊”的惊呼声。

“Ken，你为什么喜欢出来旅行?”

Ken 说：“我也不知道。”“据说旅行就是从自己待厌了的地方到别人待厌的地方去。我不知道。”Ken 摇摇头，“但是我对每一个我没去过的地方都感到好奇。我觉得旅途上最吸引我的，可能就是那种不确定性。我不知道我会在旅途上遇到什么。”

越野车上问话的人，大概已经被 Ken 的回答绕晕了，或者是被山路绕晕了，他喊“停车”，然后下车哇哇大吐起来。

盘山公路一侧是刀削斧劈的高山，另一侧就是绝壁悬崖，悬崖底下是咆哮怒吼的江水，望一眼就叫人腿脚发软。

后来就下起雨来。雨越下越大，车上尼泊尔当地司机几乎是用蜗速在行进，他脸色严峻。车上的乘客们自然更没有任何声音，所有的人心都悬着。

那是无比漫长的五个小时。

直到一个急刹车。

随着车灯照出去，眼前的山路只剩下了半幅，另半幅已经被山石泥土覆盖。“车是肯定过不去了。”司机说，“只能步行。”

Ken 在这个时候狠狠地骂了一句，他骂的是广告公司的老板和那个土鳖大王。如果不是那两个王八蛋，他是无论如何也不会心血来潮想到尼泊尔来的。他可以去去丽江，晒晒太阳耍耍流氓，白天和晚上都很快会过去。也可以去去香港，在维多利亚港边的空中泳池游几个来回，那也无比轻闲。他甚至自己都搞不清为什么突然想到拉萨，到了拉萨之后又头脑一热，来了尼泊尔。

可以肯定的是，Ken 这辈子都没有走过那样的夜路。

泥浆水糊满了鞋子和裤腿，大雨把头发打湿了。衣服，幸好有雨衣，但是雨衣实在很闷热。外面冷，里面热，水深火热，生不如死。

终于看见灯火了。

就像经历漫长的苦痛之后，终于看见幸福在招手。

他已经不记得走了多长时间。但是他显然记得自己终于踏进那间小镇客栈时的悲欣交集。

老板的中文说得磕磕绊绊，但是丝毫不影响交流。

Ken 问:“有房间吗?”

老板说:“有啊。”

Ken 看了看自己，又问:“有热水吗?”

老板说:“当然。”

“还有一张舒服的床?”

老板耸耸肩。他大概想，没有床那还可以叫作客栈吗。

但是经历胆战心惊和筋疲力尽的漫长煎熬之后，此时的 Ken 对一张床的渴望却是老板无法想象的。Ken 这辈子都没有像现在这样渴望洗一个热水澡，然后钻进松松软软的被子里昏天黑地地睚上一觉。

他愉快地掏起了皮夹。

这时他发现自己的皮夹失踪了。

他摸遍了口袋，翻遍了挎包，皮夹还是踪影全无。他想起在途中某个加油站停车时，他去水果摊点逛了逛，尽管什么都没有买，但是那个热热闹闹的集市已经带给他一场改变。有人碰了碰他的肩膀，他回过头，晒得黑不溜秋的一名当地妇女向他推销一种难看的小苹果。他摇了摇头，拒绝了。

早知道他就应该买下她的水果。

这样他就可以掏钱包。这样他就可以对钱包有所警惕。

这辈子都没缺过钱的 Ken，这会儿成了一个彻头彻尾的穷人。

他无比悲摧地蜷在一条木头靠椅上，试图挨过这个失败的夜晚。他梦想中的床，热水澡，松松软软的被窝，已经成了一个不可企及的梦。

他必须去加德满都才能够解决问题，那里是首都，他可以给家里打电话，也可以在那里找找大使馆什么的。但是加德满都距离此地还有两百公里。

又来了一辆中巴车，一群人下车了，那些人吵吵嚷嚷地挤在前台与老板打着手势说着各种古怪的语言。客栈前台是一个木头结构的小屋，这里挂满了色彩鲜艳的当地手工艺品，以及灯笼。Ken 不知道为什么这里会有这样的灯笼，但是这样的灯笼使得周围都处在一片隐隐约约的红色朦胧之中，尤其容易使人陷入沉醉。

人群很快散去了，他们大概都领到了自己想要的房间，然后与床约会去了。

Ken 掏出一本书来读。每次旅途他都会带一本书，不一定能看完，但是偶尔可以消磨时光，也可以搞搞气氛。比如有布衣长裙女孩子在场的情况下，一个安静读书的帅哥一定会吸引她的目光。

那是一本厚厚的小说——《纯真博物馆》，土耳其作家帕慕克著。

Ken 非常感谢这位名叫帕慕克的人。

因为在帕慕克的书里，他翻出了一张一百元人民币。他记起来了，那是他用来做书签的。

看来用钱做书签是一个好习惯。

一百元人民币，等于一千多卢比。刚好够他在这里住上一晚！

他跳起身，冲向前台。

老板摇摇头，房间，不好意思，没有了。

其实人在旅途，很多事情都是你无法预料的。

就像人生一样。

你真的不知道人这一辈子会遇到什么人，会发生什么事。

但是“宅”绝对不是一件好事。

宅在家里，就只能期待好运从天上掉下来，正好砸在你的屋顶。而且屋顶够脆弱，这样它才能穿过尘嚣与碎屑，砸中你的脑袋。

你必须走出去。是好是赖，你都得去活一把。

但 Ken 此时追悔莫及，他觉得自己应该宅在家里，至少这一次是这样。

一分钟之后，他就又改变主意了，他觉得人生就是一场经历，真是应该出来走走。人这辈子会遇到什么事，会发生什么事，你永远无法预料。

因为他的面前出现了一个女孩子。

那个女孩对他说："如果你不介意的话，我们可以共用一间房。"

"那个晚上到底发生了什么，我还是有所选择地说一说吧。"

"我不能把所有的事情都告诉你。"

Ken 是一个讲究生活细节的人，不管是到哪里旅行，他都会带上他熟悉的香氛。不，不是用来祛除房间的异味。香气是一种盘根错节的记忆，是一个人精神世界的隐晦表达。Ken 离不开香氛，在他的房子里，甚至他的办公室里，都有不同的香氛隐隐约约地浮现。就像月光在暗夜里浮现，就像记忆在童年浮现，就像星星在梦里浮现一样。

Ken 进入房间的第一件事，就是打开窗户，然后从包里掏出那瓶香氛，打开瓶盖，放在窗台上。

没有香薰机，没有焚香碗，都不碍事。只需拧开瓶盖，Ken 就可以感受到那丝丝缕缕的香气。而这丝丝缕缕的香气，可以让他安心。

女孩见到 Ken 做这件事的时候，觉得这个人真的很装。

但是人在旅途，就必须坦然接受种种预料之外的事，不是吗？

女孩是一个驴友，她每年都会跑几个不同的地方，而且她基本上是独行侠。她住过人家的帐篷，住过十五元一夜的国营招待所六人间，也住过男女同宿的国际青年旅舍。这太正常了。出门在外，碰到一点困难是在所难免的，换了谁都可能对你伸出援手。

所以当她看到 Ken 独自蜷缩在木椅上时，她毫不犹豫地这样做了。

有一种旅游叫作“穷游”。很显然，她把 Ken 看作了自己的同类。

穷游也是可以很讲究情调与品质的。你看看 Ken，即便是住在猪圈一样的地方，他也可以从容不迫地掏出一瓶香氛，让香气隐约溢满陋室。看得出这是一个用心的人。虽然，她不知道 Ken 是绝不会住猪圈的。

任何一场旅行，如果不带着“心”出去，你又能收获到什么?

女孩不由得对 Ken 心生敬意了。

这时候一只猫出现了。一只黄色的肥猫，店老板的宠物。

那只猫站在窗台上，谄媚地朝屋里叫了一声，然后大尾巴一扫，把香氛瓶扫倒在地，迅疾地消失在夜色与雨幕之中。

Ken 洗完澡出来的时候，看见女孩在不停地打着喷嚏。

天亮了。

Ken 在地板上醒来的时候，看见洁白的床单。窗户外，雨早就停了，青山如洗，一缕金黄色的阳光正穿破云层，洒在窗台上。

女孩不知道什么时候已经走了。

床上空空如也。

Ken 来到客房走廊上，看到客栈的小院子里一群背包客正整理行装，准备登车出发。对于背包客来说，风景永远在前方。

Ken 正努力辨别着那群整理行装的背包客的面容。他想起昨夜共宿的那个女孩，突然满心都是惆怅。他只记得那个姑娘很美，却几乎想不起她的容貌了。

一个异乡的夜晚，一个暴雨滂沱的世界，一个小小的空间，一次被打翻的香氛笼罩的私密记忆……

他却来不及问她的名字，没有留下她任何联系方式。

人生是一次次的遇见。可是对于不珍惜的人来说，这样的遇见又有什么意义？只有抓住它，遇见才是有意义的。

要不然，你站在人来人往的上海街头，一天会遇见多少人，他们跟你不会有半毛钱的关系。

可有些遇见，就仿佛是上帝的安排。如果错过，如果日后有一天你突然想起来，你会不会觉得遗憾？

院子里那辆装满背包客的破旧的小巴发动起来，马达轰鸣，周围顿时鸡飞狗跳，小巴车颤抖着向公路边慢慢驶去。

“喂——”Ken 急起来，他向着小巴车挥舞双臂，他用尽全身力气喊：“喂！”

因为他不知道第二个字能说什么。

所谓语尽词穷，所谓人生的困境，不过就是如此。

“喂，你在干吗？”Ken 突然听到声音。转头，他看见从一楼到二楼的转角处，有个女孩正疑惑地打量他。

Ken 愣在那里。

“每次你都要这样令人意外地出场吗？”Ken 没动，他满心欢喜，却装作镇定自若地问她。

女孩也站在那儿没动。她凶巴巴地瞪了 Ken 一眼。

“你知不知道你晚上磨牙磨得我快崩溃了！”

说完，女孩就气冲冲地进房间去了。

女孩决定多留一天。

Ken 没说话，也决定多留一天。

这儿只是一个途中客栈，周围没有什么值得一去的景点。通常背包客在这里都只是借宿一夜，第二天又匆匆上路。

但是，意外，难道不是旅行当中最美妙的事情吗？

女孩叫青依。

“你叫我青依好了，是个网名。”她说。

“真名呢？”

“真名不必告诉你吧？没见过你这么背的啊。”

想留电话号码的问句，就呛在Ken的喉咙里问不出来了。

在客栈里和老板一起吃午饭的时候，还有从英国来的一对刚刚抵达的恋人，于是他们也加入这临时的饭局。老板能说几句简单的汉语，也能说几句简单的英语。Ken的英文不错，能跟他们顺畅地交流。青依听不懂英文，只能朝着Ken一次又一次翻白眼。

老板在讲故事。老板说，他这个客栈，救助过不少受伤的驴友。有一个来自加德满都的驴友，十年前来这里时，扭伤了脚，就在这里养了一个月。后来，就成了老板娘。

老板娘在后厨为大家做饭。她端着菜出来的时候，和大家打招呼，Ken发现她真是一个美女。

老板娘和老板顺便亲了嘴。看得所有人都起哄了。英国恋人对视一眼，也相互亲了对方一口。这时候，大家就把目光都落在了Ken和青依脸上。

Ken无辜地望着青依。

青依把眼睛瞪得像牛眼睛一样大，狠狠地剜了Ken一眼，并作势捏了一把拳头。

“哇，沙包一样大的拳头，你见过没有啊？”

其他四个人肯定都听不懂这句话，因为他们没有看过周星驰的片子吧。但是他们都笑起来了。旅途中的人真好，不管懂不懂，都可以笑得天真无邪，笑得没心没肺。

那是 Ken 人生中最悠闲的一个下午。

他就坐在客栈二楼的小露台上，看书，听音乐。远处是雪山，白色的云雾一批批地飘过去。天慢慢地黑下来。

青依坐在露台另一边，一个远远的角落。她带着一台相机，有时拍这旦，有时拍那里。有时安静地坐在那儿喝一杯咖啡。

有时候抬头，他们都能望见对方。

岁月静好，现世安稳，大概说的就是这样的情景吧?

老板娘送咖啡上来的时候，对青依说:“嘿，你身上真香!”

然后她经过 Ken 身边，对 Ken 说:“你也是。”

青依想，一整瓶香氛都用上了，能不香吗。一想到那瓶香氛，几乎是条件反射般地，她连着打了两个喷嚏!

老板娘对 Ken 说:“Now，have a room，do you want?”(现在，有一个房间，你要吗?)她说的是蹩脚的英语。一个单词一个单词地往外蹦。

Ken 张大了嘴巴。

然后他拼命摇头:“No，no，no!”

从尼泊尔回来之后，Ken 就换了一家公司。他老爹当然想叫他回去帮忙打理公司的事务。但是 Ken 坚决不从。他说在外面习惯了。“在外面不想干就可以不干，但是在老爹的公司里，你可以做到吗?”

他进了红星美凯龙集团，一个做家居的公司，做品牌策划。

这次他真的请到了汤唯，还请到了安吉丽娜•朱莉、杰西卡•阿尔芭为公司拍了广告大片。整个效果惊艳至极，场景奢华绚美，风头一时盖过郭敬明的《小时代》。

Ken 当然不仅会做这样华美的策划，他甚至也请到那些从未出过名的平面模特，用一种平和的温柔的方式来诠释他心中想要达到的美。那是一种生活方式的美，效果也是出奇地赞。

从炫目耀眼的片场出来时，Ken 驾车穿过灯红酒绿的上海滩，回到自己那个安静的屋子里，他会和往常一样，打开香薰机，滴上几滴香氛，让一种若有若无的香味萦绕在房子的每一寸空间里。于是，这空间一下子就感觉满满的了。

Ken 总是会想起他们在尼泊尔一起度过的那个清晨。

“早安。”Ken 说。

“早安。”青依说。

这样互道早安的时候，他们就像两个老朋友一样。

Ken 从地板上起身，伸了个懒腰，然后进卫生间去洗漱。等他从卫生间出来的时候，青依也起床了，包括房间里的行李也都整理好了。

“今天就要出发了。”

“是的。”

青依拉开门，走出去的时候，Ken 说：“喂！”

青依停下脚步，回过头来，看着 Ken。Ken 的眼睛里似乎有无数的话想说。

Ken 说：“你鞋带散了。”

青依背上是一个沉重硕大的登山包。她想把背包卸下来，但是 Ken 上前一步，说：“我帮你吧。”

Ken 蹲下来，给青依系好了鞋带。起身后，青依主动张开了双臂，两个人就那样拥抱了一分钟。

Ken 说：“其实，我昨天晚上一直睡不着。”

青依看不见他的表情。青依问：“为什么？”

Ken 说：“因为我一直在想你。”

青依说：“流氓。”

“然后呢？”

“什么然后啊！然后我们就离开那个客栈了啊。她要回聂拉木，然后从聂拉木回拉萨，再从拉萨回上海，她的假期已经用完了……”

“上海?”

“是啊，上海。”

“那你呢?”

“我吗，我继续我的旅程啊。我要去加德满都，然后去博卡拉，还要到处逛一圈。离开……对了，离开的时候，我问她:‘那我们，嗯，下次呢，什么时候再见?’她说:‘下个旅途相见喽。’就这样。”

“至于那两天的房费，当然是AA喽。我有意见啊，我说:‘这不公平。我睡的是地板，你睡的是大床，怎么可以AA。’她笑了，她说:‘看你那么穷，这样吧，这次算我的。有些账呢，下次再找你算!’”

“我很穷，哈哈哈，是的，我真的很穷。可是在我很穷的时候，我才遇到这么一件事，碰到青依这个人。我到加德满都之后呢，总之，钱打过来了，我就有钱用了。然后又过了半个月，我才回到上海。”

“嗯……如果要问我有什么改变的话，其实还好啦。不过呢，我回来以后，就再也没有换过香氛的品牌与型号了。我每天都用香氛。而且我只用那一款香型，我给它起了个名字，叫尼泊尔之夜。”

听Ken讲起这些的时候，我真的忍不住要笑。真的太好笑了。

“你说说看，是不是太假了？这个故事简直就像编出来的一样。”我和 Ken 说：“Ken，你又不是小说家，你这个故事编得太假了。”

Ken 说：“还有更离奇的呢。我不是问青依，我们下次什么时候相见吗？青依说，在下一个旅途相见。后来呢，你猜怎么着，我们是怎么相见的？你绝对猜不到！有一天，我呢，在宝莱纳餐厅请一位朋友吃饭，一转身呢，就看到一个人，一个女孩，觉得真是眼熟，哇，这不是青依吗？青依，她也愣住了，我们竟然会在这里相见。”

“青依说，她就在附近的写字楼上班啊。”

“人生就是这么奇妙，旅行，真的不只是去很远的地方才叫旅行，有时候身边一公里之内的行走，也可以叫作旅行。只是要看你有没有带着‘心’。有心的话，每天都是在旅行！”

我说：“当时你们不是留过手机号吗？”

Ken 说：“是啊，是留了手机号，可是手机号不知道塞到哪里了……”

Ken 讲完这些的时候，我已经笑得像一只虾米，直不起腰了。

Ken 还说：“有的人呢，分别的时候都以为下次再没有机会相见了，可是搞不好在一个街角呢，我们就重新相遇了。

有的人呢，正好相反，以为有很多很多的机会相见，但事实上呢，很可能一转身，两个人都从此消失在茫茫人海……”

他还没有说完，但是他已经说不出话了，因为我已经把他紧紧地抱住，用嘴堵住了他的嘴。是的，如果这个故事不是我亲身经历的话，我也绝不会相信的。

这个骗子！

天 真 & 筑 梦

赵统光

毕业于中国美术学院，建筑学硕士，新锐建筑设计师、乡村规划师。现有个人建筑设计事务所。热爱幻想，白天为甲方设计现实主义的房子，夜晚为自己构筑理想主义的楼阁。

赵统光：深夜建筑师

文、图 | 赵统光

> 有些人天亮以后就会忘记这一切，而有些人则会在以后的梦里都住进去，更有一些人，他们的记性太好了，会天一亮就起身，按照画面的样子去建造自己的房子。

那些梦游的人，至少有一半都是在寻找自己的家。

——题记

我是一名建筑师，开了间一个人的事务所，只在夜间营业。

之所以选在夜间营业，是因为我发现，凡生活在这座城市的人，只有夜深的时候才会开始思考自己的事情，而只有他对自己动了心思，才能准确地告诉我他想住什么样的房子。

你不相信吗？朋友，你想想看，如果有一群蝙蝠把自己硬塞进一个蜂巢里住着不走，或者一只兔子厌弃了穴居而执意要浪迹草原，那么我们会觉得这绝无可能，这些动物肯定是疯了。然而在这座城市，人们每天犯着这样的傻气，却往往失去了这份聪明的判断，有时甚至还乐在其中。他们听任别人用数据和表格来规划自己的生活，任凭自己被拆解开来绑在别人的大机器上。他们宁可扭曲自己的身体，隐藏自己的本性，也不要去动动脑筋，给自己创造一个舒展和安宁的所在。

可怜的人们啊，只有当夜晚降临，归巢的鸟儿顺手关掉了太阳后，他们才终于能借着月光窥探自己的内心。他们中有一部分人会驱动自己的双脚来到我的面前，或者给我打电话邀请我去到他的地方，亲口告诉我他的故事，并让我按照他的所思所梦设计一所房子或者一个街区。我会把画好的稿子拿给他看，有些人天亮以后就会忘记这一切，而有些人则会在以后的梦里都住进去，更有一些人，他们的记性太好了，会天一亮就起身，按照画面的样子去建造自己的房子。

你可以说这些人只是在梦游而已，但我记得有一位心理医生曾告诉过我，每个人的一生里至少都会发生一两次梦游，而在这些梦游的人里，至少有一半都是在寻找自己的家。

但是实话跟你说，朋友，我其实通常也分不清这些来找我的人到底是梦着还是醒着。

1. 流浪者之家

他拖着一个长长的麻袋来到我的门前，是个瘦高个儿。

“你好，建筑师。”

“你好。请问有什么可以帮助你?”

“我想在这里安家，可是围着整个城市转了一整年都找不到一个让我满意的地方，于是我想找你帮我设计一所房子，一所我自己的房子。”

“你来对地方了，可以让我先看看你的麻袋里装了些什么吗?”

他点了点头，慢慢打开了他长长的麻袋，从里面掏出来三根荧光棒、两捆水稻苗、一包螺母、两个牙杯、一块鹅卵石、七种牌子的茶叶、一挂鞭炮、一个电熨斗、十一张旧照片……他一边掏着东西一边跟我讲述他的故事:

“我身无分文地来到这里，第一天，忍着没吃任何东西，第二天也是，第三天我终于忍不住了，就跟一个包子铺的老板说，想讨一个包子吃。那个老板看了看我，说:‘你去路边捡三根干树枝给我吧，我换给你一个包子。我于是就去捡了五根干树枝来交给他，老板笑了笑，给了我两个包子。’我趁热吃了一个，剩下的一个揣在怀里希望留着改天吃。第四天

我刚要吃这个剩下的包子时，一个跟我一样饥肠辘辘的孩子站在我面前，向我讨要这个包子。我思考了一会，跟他说：‘你给我一些你不想要的东西吧，我换给你包子。’于是他毫不犹豫地从口袋里掏出三粒彩色的玻璃弹珠跟我换了。后来，我又用这三粒弹珠跟一个菜农换了三颗土豆，只吃掉了其中的一颗，用剩下的两颗跟别人换了一只发卡。再后来，我就像这样不停地跟别人交换东西。我精打细算，但从来不欺骗他们，我把他们当成自己的朋友。很幸运，我麻袋里的东西一天比一天多，所有的东西都来自这些朋友。”

他把东西摊得满地都是，充满感激地看着它们。

“可是我找不到适合我的家，找不到能够安放这些东西的房子，因为我知道，一旦我住进了这些高楼大厦的盒子里，就再不会遇到我的朋友们，也不能再继续跟他们交换我的东西，这样的话我就根本没办法在那里住下去。”他的神情变得悲戚起来。

“我习惯了流浪的生活，习惯了跟各式各样的人打交道。我不需要客厅，街道就是我的客厅；我也不需要厨房，因为我从来不会自己烧饭；我甚至都不需要厕所，我喜欢在公共厕所跟人攀谈。我只想要一个遮风挡雨的地方，一个遮风挡雨的地方……但我又不想停止流浪。”说着说着，他竟伤心地哭起来。

“不要哭，我的朋友，不要哭。”我安慰他说，“你说的我都明白了，交给我吧，我会为你设计一个适合你的家。”

于是，我给他画了下面这所房子并向他做了介绍。

“这是一个移动的小木屋，下面有四个小轮子，平时你可以拉着它到处走。房子的两侧有可以打开的搁板，一层层向外伸出，呈一个菱形的立面，你可以把自己的东西摆放在上面，让你的朋友们挑选和交换。这个房子瘦瘦高高的，正好符合你的身材，打开门，你就可以跟路人聊天；关上门，你也可以坐在背后的窗户前面发呆。房子的屋顶是用黄铜皮做的，结实耐用，而且一段时间后会变成迷人的绿色。”他认真地听完我的介绍，欣喜若狂，拍着手告诉我，这就是他想要的房子。

“去吧，我的朋友，这是你的新行囊，请带着它继续你的流浪，并把你的故事讲给城市里的每一个人听。”我祝福他。

2. 包租婆之家

四个小时里，她一边带我看遍了她所有的房间，一边喋喋不休地介绍着跟这栋房子有关的故事。

“亲爱的建筑师，你都看到了，我这里现在一共住着174

XiDa
2017.02

个孩子。”她喜欢把她的租客称为孩子，“他们大部分都很乖，故意来讨我喜欢，可是有些孩子实在是糟透了，他们总是忘记带钥匙，不关水龙头，偷走我的扫把，或者踩坏我的花园，他们经常吵架甚至打架，气得我几次都想把他们全部赶走。”说着说着她便有点生气。

“这是您的房子，您的确可以这么做。”我顺着她的情绪说道。

“可我又一想，这些孩子也不容易啊，年纪轻轻的就背井离乡，生活多么艰苦，哪里忍心赶他们走……”她又很快地进入到一种温柔的母爱状态里去，“我不但不忍心赶走他们，连房租都不忍心涨，这里的房租已经二十年没涨过啦。也正因为这样，每年来租我房子的孩子越来越多。刚开始的时候只有我一个人和五个孩子，住着11个房间。后来人越来越多，没办法，只能每隔一年就加建一批房间，不知不觉就这么大了。”

“怪不得，这里真像一座迷宫啊。”我回头看着这栋像一棵大花菜一样的房子，从地面长出的条条楼梯被捆扎在一起成为主干，到了上面就分散膨胀为一间一间小房子，密密麻麻紧紧环抱，向四面八方开着窗，窗子里透出亮度和色温各异的灯光，照亮了从里面挂出窗台的百般物件，“我很好奇，您是怎么经营这么一座迷宫一样的房子的？”

“虽然很操心，但我有我的办法。”她说，“这么多人，你永远也不知道他是好心还是恶意。这些孩子从事各种不同的行业，有的白天工作，有的夜里工作，有的周一到周五工作，有的周末才上班。这样复杂，你没办法不担心他们的安全。为了他们的安全也为我自己的安全，我尽量让他们都从我的眼前经过，从我的客厅开始分开岔口，一个岔口接着另一个岔口，我只带每个孩子走那条唯一属于他的路，他若是想闯入别人的房间，那他多半会迷路。”

“我还有一个谁都不知道的好办法。”她压低了声音跟我说道，“你看，我客厅中间高高挂着的那盏水晶灯，那是我的眼睛，透过这些玻璃珠我可以看清每一个房间的入口，数着每一次开门关门，辨认每一张来到我这里的面孔……”

“那么现在的问题是什么呢？”我打断了她。

“我本来以为这是最完美的办法，但我发现孩子们来了一批又一批，房子越来越多，我自己却慢慢老了。每天在这个迷宫里来来回回地奔忙，实在让我疲惫不堪。我的眼睛已经老花了，看不清每一位来客；我的耳朵也聋了，分辨不出谁的脚步声；而我心爱的花园也已经由于疏于管理而枯萎殆尽……有好几次我甚至弄丢了我的钥匙。”她说着指指腰上挂着的累累钥匙串，每一串都是由几把到几十把钥匙编成的铁链，几十条长短不一的铁链挂在腰间，沉甸甸地几乎坠垮她的身子。

“至于孩子们，我能记住的脸越来越少，他们对我也越来越不放在眼里。最近这几年，有些坏心眼的孩子，居然不跟我说一声就直接把自己的房间租给了其他人，有时还把一间房子隔成两间租出去，这些转租的房间通常会比原来多一把锁。”我一边听她说一边仔细观察了她的钥匙串，果然越到下面钥匙越多越新，而最上面的已经锈迹斑斑了。“最近这样随意转租的情况越来越严重，房间上的锁也越来越多，有的房间几乎密密麻麻都挂满了锁。如果最后住在这里的那个孩子弄丢了他的钥匙串，那么开锁的工匠几乎要花掉一整天工夫才能打开这扇门。还有一些孩子，他们为了自己方便，居然私自挂下云梯，直接从窗户进出。这件事真的让我一刻都不敢闭眼。”

“由于这个房子里的锁、云梯和隔墙越来越多，越来越重，房子已经开始摇摇晃晃了，建筑监察员已经三番五次警告我，如果再不采取措施，这个房子很快就要倒掉了，就像医生三番五次警告我的健康一样。噢，天知道我还能活几年。我倒不怎么在乎我到底还能活几年，可房子如果倒了，这些孩子们还能去哪里呢？”她说到最后一句话时，神情黯然，让我也不禁蹙眉。

“婆婆，让我来试试吧，让我来拯救您和您的房子。”

我花了好些时间了解了住在这里的每一位房客，分别记录了他们的工作状态、喜好和性格，并让他们各自向朋友介绍自己，告诉别人自己对电影和食物的口味偏好。而我所做的，就是把他们的资料整理成册，分发给在住的每一位房客。随后我们隔三岔五组织了很多很好玩的活动，大家同居这么久以后终于成了朋友，因此非常开心。于是大家又一起讨论制定了同居公约，公约张贴在婆婆的客厅里，里面的第一句是：大家为了快乐的生活聚在一起，请彼此尊重和信任。

随后我同所有房客一起改造了这座房子：我们把不必要的隔墙、楼梯和门锁拆掉，很多小房间合并成了大房间，彼此友好地共享居住空间。我们加固了建筑的结构，更换了原本复杂和陈旧的下水管和电路网，重新粉刷了建筑的外墙，安装上新的雨棚和遮阳篷，并把婆婆的花园重新种满漂亮的花草。而花园的中间，依旧安放着婆婆的客厅和居室，客厅里高高挂着的水晶吊灯第一次被点亮，客厅显得既明亮又祥和，里面坐满了嬉笑的孩子们。

3. 搬家

当他找到我，并用结结巴巴的汉语告诉我他想“搬家”时，我承认我误会了他的意思。

那天两人对坐在我的院子里，月光轻柔，影子很宁静，他花了很长时间才从一个焦急的业主变成与我闲谈的客人。

他的经历说起来很简单，十几岁时离家，一直跟家人生活在国外，忙忙碌碌了几十年，赚下了些家业，如今满头花发了却希望回故乡养老。实际上，他在故乡已经没有几个亲近的人，除了几个童年旧友还能共叙往昔，而一直使他放不下并决定回乡的，竟是他祖上的老宅。

“越到老了，越会想起以前的事，很多后来忘记的往事偶尔回想起来，心里就特别温暖，觉着那才是最真实的。有一天晚上我洗漱好躺在床上准备睡觉了，忽然听见远远的有一阵奇怪的动物叫声，这让我记起小时候我的奶奶在灶台旁给我讲过的一个吓人的故事，那个故事让我之后很多年都对黑暗中的叫声十分害怕。顺着那故事我闭着眼回忆着，仿佛看见了忽忽闪闪的灶火，听见了劈劈啪啪的柴火的炸裂声，竟然还清清楚楚看见了奶奶的脸，那张脸上的每一条皱纹都比我现在的还要深得多。我没办法跟你说起那种感觉，一个忘却了半个世纪的场景，就突然这样逼真地铺开在你的眼前，她的言语、她的面容，甚至身上那件破围裙上针脚细腻的补丁，全都历历在目……到了我这个年纪的人，很少还去在意身边的人和事了，有些事上午发生的下午就忘得干干净净，我经常分不清一些事究竟是三十岁时候还是五十岁时候发生的，或者根本没在我身上发生而只是读书或者看电影时留下来的模糊记忆。有时候我会想，一个经常怀疑自己记忆的人，其实是在怀疑自己的人生。但是那天晚上，那个灶台周围发生的所有故事，我竟然能突然之间记起它的全部，于是我毫不迟疑地坚信那是我实实在在的经历，我从那里来！虽然我没有记住它，但是它却记住了我，是它不计前嫌，把记忆又一次转交给了我！这一次我绝不会再忘记，我要回到那里，从那里重新确认我真实的人生，因为除了记忆，我还能拥有什么呢?”

这的确是震撼人心的言论，对于我这样一个年轻人来说，总觉得真实的自己躲在未来等着自己，从来没想着有一天可能要回头看才能找到。我从他闪着泪光的双眼里几乎看见了来自他回忆中的奶奶，并从另一双苍老的眼睛中看见了灶火的倒影，也就无从质疑他为自己定下的对真实性的推理。但是基于建筑师的职业，我还是习惯性地问了他对于回乡居住的想法：

“那您是想把老房子装修一下，好从国外搬回来住是吗?”

“不不不，我回来之前也是这么想的，觉得只要我回到了老宅，一切都会跟着回来，可是现实并不如此。我离开家五十多年了，从未想到家乡的变化会这样大。原来我家老宅周围都是一层两层的民房，稀稀落落地夹杂着菜园子和竹林，我清晰地记得那时住在青山环抱之中，房前有清澈的小溪流过，房后有一丛高大的板栗树……可是当我这次再回来，却发现一切都变了。板栗树早就被砍掉，溪水经常断流腐臭，周围全是五六层的高大楼房，五颜六色的，完全遮住了远处的山。说来可笑，我那天晚上曾经确信的记忆，竟然突然又站不住脚了。”

“可是灶台应该还在吧？”

“灶台的确还在，可是人都没了……”

我终于意识到这项任务的艰巨，它不仅是一个对暮年之人突发的浪漫情怀的满足，还要为他再造一个已逝去的完整生活。

“那么您的意思是怎么样呢？”

“我非常为难。那个灶台能够给我一个完整的记忆，但一个残缺的老宅却让我恍惚了，我既然记得灶台旁讲故事的奶奶，自然也希望记起板栗树下拿着竹竿给我敲板栗的爷爷，沿着山路奋力骑车回家的父亲，以及日日在溪边洗衣的母亲，即使这些人都不在了，可我所借以慰藉的这些地方如果也都没了，那我还有什么理由再回这里居住呢？更何况这里的人我也早已不认识了，‘儿童相见不相识，笑问客从何处来’。所以啊，我一开始跟你说的‘搬家’，其实是想去寻找一个像我童年时候的环境，一样的青山绿水，把我的老宅搬到那里去，屋后种上一样的板栗林……可是我知道这也是句气话，我去哪里能找到这样的去处？即使找到了又何以安放我的老宅啊？”

“我十分理解您的苦衷，但是我想兴许我们能想出一些更好的办法，让我们试试看吧。”

第二天，我就随他一同去踏勘了他的老宅，果如其言，那是一栋被造型奇怪的现代农民房包围的破旧宅院，围墙坍没，霉苔长上了石阶和房梁。那个灶台，在屋顶塌掉的破洞里穿越下来的光线下，像博物馆里的历史物件一样，孤独而无助地伏在一堆碎瓦片中……我静静地看了很久，带着脑海里他描述给我的另一个温暖的世界，突然有了一个全新的主意。

在接下来的六个月时间里，我跟他反复讨论沟通，并有计划地让他的回乡梦得以实现，我们是这样做的：

首先我们把预算的三分之一拿出来，重新疏通了村子的水系，村民十分高兴，看见老人每天亲力亲为地挖掘河道的淤泥，也纷纷自愿加入进来，傍晚时候，孩子们还送西瓜来给这位奇怪的爷爷吃，他对此显得非常满意。

然后我们把院子收拾了一下，围墙并没有全部重建，而是选择性地遮蔽了一些不想要的景物，用带着霉斑的旧砖石砌出了有隐约山形的高墙，这些山是参照周围的山形投射过来的形态。我们在院子背后空地上种下三株板栗树，又在院子里复垦了菜园子，整理成精巧可爱的菜畦，又把溪水引进来，围绕在菜园和围墙之间，水口处挖低了埠头，铺了几块大石板让人走近水岸。年纪大一点的村民都说，进了这个院子简直像是进了以前的那个村子。

最后我们把房子重新修整了一遍，腐坏的建筑按照原来的样子全部换成新的，加固了结构，用现代材料重新加进了卫生间和厨房，我们把原来的灶台做成了壁炉，围绕壁炉设计了一个带落地玻璃窗的会客厅和图书室，老人希望，这个房间永远为村子里的人开放，后来的事实证明他的确是这么做的。

每到晚上，村里总有几个不那么调皮的孩子，围坐在老人温暖的灶台旁，灶上煮着西式奶茶，灶膛里焐着香甜的地瓜，孩子们认真地听着老人讲着永远说不完的故事。

4. 周先生的草屋

我自小生活在北方平原的一个村子。过去那村子还是一座县城，打日本鬼子的时候拆了城墙，后来鬼子跑了，县城也迁到了别处，这里就慢慢败落成一个大村子。我家就住在这村子的东北边，紧邻着残存的老城墙基。这里人迹罕至，土石坍圮，杂树丛生，白日里就荒凉，每到晚上月光惨淡的时候便格外阴森恐怖。好在后来有个周先生，在我家和老墙之间建了一座草屋，才让我幸免于日日面对那片恐怖的景象。

我喊他周先生，可他既不是谁的先生也不是谁的老师，他孑身一人窝在我家后面住了好多年，跟村子里其他人几乎不往来，我只是从他每日接收和寄出的大量信件才猜到他大概在外面有很多朋友，而周先生这个称呼，都是写在那些来信的开头，于是我渐渐也这样称呼他。可是现在想想大约我很小的时候就学会了揶揄人，因为后来从家人和邻居们的悄悄话里得知，大家对周先生的评价不高，说他在外面做了很多很多坏事，如今老了混到这个地步都是活该。这也可以推想得到，若非如此，谁会跑到城墙边盖这么一座草屋来住下呢？可我心里其实是佩服周先生的，因为我喜欢他的草屋。

第一次见他就是他来我家借了把镐，我很少见生人来家里，而且他还戴了副眼镜，于是我就好奇地跟出去看，发现他一个人抡着镐在我家后面无主的荒地上刨起来，当时并不知道他想做什么，一下午跑出去看了好几趟也不明白。

直到很多天以后，地上刨出一个方形的大坑，只比我们跳房子画的框框大一些，南北方向长，东西方向短。我不知道他那些日子住哪里，只知道每天一大清早就会来我家借工具和开水。后来他还拉来很多木板，在坑的外面围了两层木

板，一一用木棍斜撑着，两层木板之间隔了近一步的距离。然后他把挖出来的土铲到木板之间，每垫一层土就用木杵把土捣实，这样四周的土越垒越高，中间的坑也越来越深。

对于无聊无知的我来说，这一切都像是一场魔术表演，虽然暂时看不懂，但最终展示给我的一定是一场意外的精彩。事实上后面的很多有趣的伏笔也进一步加深了我的期待感以及参与感。比如土墙垒到膝盖高度的时候，每个长边被放上了一个三角形的小木框，放小木框时他把我抱到土坑里面站着，仔细比着我和木框的高度，最后神秘地点点头；再比如他自己会张开双臂丈量，甚至有时候躺在地上，让我帮他插上竹标。我从没有问过他到底要做什么，他也默契地不主动告诉我。

后来的一天开来一辆大车，从上面卸下来一堆歪七扭八的木棒，周先生请了村里两个壮劳力帮忙，从早上一直忙到晚上。那日白天我被困在家里做作业，等到晚上我终于做完作业飞奔过去看时，月亮早就升得很高了。霜白色的月光下，两个劳力光着肩膀耷拉着衣服远远地往回走，周先生却坐在近处抽着烟，眼睛盯着土墙上那古怪的木架子。每根木棒都粗细不一形状各异，合拢在土墙之上像从黝黑的天上伸下一只大手，正死死抓着这片荒地。我怔怔地看了一会儿，突然间才明白这应该是一座房子。

我虽然猜中了是座房子，但根本没想到最终会是一座草房。那时候村子里已经没多少草房子了，有的也都是各家废弃的老屋，年久不修，成了遭人嫌弃的破落的象征。周先生没有种田，所以没有稻草，但只花了不多的钱就从各家收来不少的草。他们先是在大木架上钉上细木梁，细木梁上铺满芦苇席，芦苇席上又覆了层黑黑的油毡，最后几个人腰上拴着绳在屋顶上一股一股勒着稻草，从南到北，从下往上，忙碌了足足有七八天时间才终于完成。

刚刚建好的草屋颜色鲜亮，浅黄色的土墙围了一圈，南北很高，但东西两侧非常矮，童年的我伸手就能摸到屋檐上厚厚的草，那草被整整齐齐斩了茬，刀口里嫩黄泛绿的草芯子散发出沁人的香气。南面山墙上开了扇不高的门，我进门要先蹲坐在门槛上再跳到屋内地上，里面很黑。三面土墙很厚，窗户却很小，三角形的窗框里用玻璃直接钉死，并不能开启。室内约莫被隔成了两间来用，里间用砖和剩的木板拼了架床，外间不知从哪弄来一张破桌子和几个小橱柜，就那么随便摆置一下就定了。后来直到这草房被大火烧毁之前，屋里也没改动过布局，也没增置过更多家具。

童年啊总是过得没心没肺。等我日后回想起周先生和他的草屋，能完整地记起持续了两个月的建造过程，却记不清后来漫长的七八年时光，他是怎么随着草屋慢慢变老的。如果非要绞尽脑汁，我能模糊记起他端坐在桌子前教我读别人写给他的信，坐在门口土坎上画一个牛角棋与我对弈，还有最开心的一次，是他执意要教我扎风筝，但我记得似乎最终那只风筝并没有飞上天。

周先生抽旱烟，他的草屋又常年不通风，所以日积月累，那屋里便有一股苦苦的气味，现在想来肯定是刺鼻的烟臭味，可那几年我却迷上那味道，一有空就推门进去，有时候周先生不在，我自己坐在他的床上望着北山墙上的三角形光斑，一待就是半天。

直到现在，每当听到有人说孩子身边只需要明亮的阳光、芬芳的空气以及开放的集体生活时，我心里还会存着不小的质疑，至少我的童年，是在那间低矮、晦暗、沉闷的草屋里，用孤独的方式给自己创造出一种独特的自由。

我读到了初中，与周先生打照面的机会便少了，后来干脆见着也不问了，更没有再迈进那间草屋。再后来，应该是高中时候吧，有次假期我从学校回家，吃晚饭时我妈跟我说起前阵子周先生的债主追过来讨债，周先生逃出去半个月没回来，债主一怒之下点火烧了他的房子，等周先生回来时房子早被烧没了，他也就去了别的地方，再没回来过。

时隔多年，我成了一名建筑师，每每遇到专业上对于空间和建构的艰涩讨论，或碰到环境心理或形式美学等判断上的困境时，都会自然地想起那座草屋，那草屋被我拿来作为思考和评判的准绳。因为那人与那屋曾如此真实地营建在我的心里，两者如同生命的联合体，周先生就是那座草屋，那座草屋也成了周先生，在我记忆的窑炉里，他俩同生共灭。

如果有一天我有机会给自己建一座房子，也一定会如那座草屋一般。

5. 空中鸽舍

老吕从不求人。

当年老伴病倒，他一个人硬扛着照顾了五年，直到把老伴送走也没求过谁。后来他不小心摔折了自己的小腿，也是一个人默默地把伤养好才告诉别人。还有一次更叫人惊讶，是那次街区大拆迁，他家被拆迁队断水断电围了三个月，他居然就活生生挨到了开发商资金链断裂，破了产，最后保住了自己的房子，以及房顶那一舍的鸽子。

儿子和女儿很早就出外闯荡，后来陆续在别的城市安家落户，一年很少回来，老吕渐渐成了那条街上最孤独的身影。儿女并非不孝顺，他们再三央求老吕跟他们一起住到自己那里，好话歹话说尽，老吕就是不愿意。理由一大堆，最要紧的还是舍不得那群鸽子。

XiDa

从不求人的老吕，那次找到了我，让我帮他解决一个天大的难题，当然还是关于鸽子的。

自打上次拆迁暂停之后，他的房子有阵子是那片废墟里唯一的耸立物，也是方圆三里地的制高点，每天上百只鸽子早晚盘旋在房顶四方，呼啸着鸽哨，你若抬头望着不垂下眼帘，恐怕还以为脚下的街道热闹如旧呢。

后来，原买的一整块地分割成若干个小型楼盘，老吕的房子却被作为历史遗留问题顺势留在了楼盘的夹缝里。几乎一夜之间，所有项目同时开工，机器轰鸣日夜无息，随后的一年半时间里，四面塔吊飞旋，脚手架层层叠高，眼看着到了二十米、五十米、一百米，老吕渐渐意识到了问题的严重性。

“鸽子认窝，我当年死活不愿意搬迁，就是怕换了地方鸽子找不到家。鸽子也怕噪音，声音一大就会把它们吓跑，开工时候跑了几只，剩下的稳了大半年才好歹习惯下来。这些都挺过来了，可最近这楼越拔越高，眼看我这鸽子房成了井底，房顶上再没地方给它们起飞，每天鸽群飞出去我就看不见它们了，七绕八绕地，再回来时总是有掉队的或者受伤的。这一年多来，我的鸽群已经少了快一半了，估计再这么下去，到最后我会一只都不剩……”老吕焦虑地攥着手指，时不时摩挲着膝盖，我问起他养鸽子的原因，他扭头望向窗户，回忆说：

“老伴走了以后没几天，有只灰鸽子突然扑腾到我房间里，我看它腿上受了伤，就给它包扎了伤口，喂它吃食喝水。养了几天它伤就好了，能飞出去了，更叫我高兴的是，飞出去又回来了。所以后来我就一直养着它了。

那是只雌鸽，养了两三个月以后，有一天突然带回来只雄鸽，再过了半个多月，居然在窝里孵出两只幼鸽，把我高兴坏了。我就又买书，又上网，认真钻研怎么养鸽子。后来一批一批的小鸽子长大，一只一只外面的零散鸽子也被带进来，我的鸽群越来越大，最多时候有120多只呢。我觉着鸽子这东西重情，不管对人还是对地方，所以我从来也不卖鸽子，有多少我都养着它们，我自己吃得饱吃不饱都不重要，只要每天能听着它们咕咕叫着，呼啦呼啦地在头顶飞着，我住在这就能安心啦。”老吕微微笑了下，转眼又语调沉重起来：

“可现在这环境不容它们，把它们逼到了绝境。这一年半来我的鸽子遭了多大的罪你都不知道，我原来亲眼看到一只鸽子因为汽锤连续几天的轰砸，狠心啄碎了自己正在孵的蛋，也看到过一只盘旋了很久却认不出窝的鸽子愤懑地一头撞向大楼的玻璃窗上……现在我几乎不敢再把鸽群放出来飞了。我想过带着它们一起换个地方生活，可即便我能挪走我的房子，鸽子大概也不会轻易认下新的家。”

我几乎是带着崇敬之情听完这个故事的，在送走老吕后的半个多月里，我日日跑去他家鸽子房楼下，望着他的两层平房和一层鸽合，寝食难安，反复思索着建筑上的可能性。最后，我给出了一个看似最简单的解决方案：一间可以飞到空中的鸽舍。

屋顶的鸽舍与下面的平房一分为二，鸽舍上方系着一个巨大的氦气球，每天早上和下午，需要放飞鸽子的时候，只要转动摇柄松开绑绳，氦气球就会带着鸽舍缓缓飞到120米的高空，然后通过无线遥控打开鸽舍的门，鸽子就可以出去自由飞翔了。我在鸽舍上安装了模仿哨音的扩音器以及监控摄像头，用来唤回和照看鸽子，这些都可以在老吕的房间里操作完成。等鸽子回巢后，就可以缓缓收回鸽舍，重新落在平房屋顶，老吕就可以像往常一样给它们喂食和清扫。

我们就这个想法，反复做着模型来实验，计算气球的浮力、绳子的牢固度、气流的影响以及加固措施，终于在半年后，几乎与周围的高层建筑竣工的同时完成了鸽子房的改造。第一次试飞那天，老吕抬头望着远空中星星点点的鸽群，喃喃地说：“太好了，它们终于有救了！”我侧脸望去，分明看见他紧绷的眉头终于变得柔软，他大约知道，彼时鸽子也在用同样柔软的目光看着他。

大约两年后的一天，我突然听到了老吕去世的消息，大约是脑出血，很快就走了。我得知这个消息已经是两周以后了，但还是急忙赶往他家，我担心他的鸽子。上门询问，老吕的女儿迎出来，寒暄过后，她告诉我，这里以前的老街坊们接手了养育鸽子的任务，他们每天轮流过来给鸽子喂食、打扫，社区里的小朋友也会经常来照看鸽子，她在一楼开了间咖啡厅，取了个名字叫空中鸽舍。

回去时，我回头远远地看到，颜色鲜艳的鸽舍缓缓升起，冲出致密的城市，仿佛比以前飞得更高了些，一大群鸽子像海里的小鱼一样倏然聚散地划过天际云端，怡然畅快。我想，如果人死后果然有灵魂，而灵魂又能来往于人间，那老吕一定就住在那间空中鸽舍里。

王大濛

江苏无锡人，江南大学设计学院副教授，硕士生导师，现已退休。出版专著《文人壶》《镌刻》《蒲草》等，其对中国画与壶刻艺术以及菖蒲文化的研究，在国内颇具影响。人送雅号“江南草圣”。

王大濛：与草相对，日长如年

文、图 | 周围

> 日月运转，风花雪月，春夏秋冬，把时间凝固在物之中。世上有很多不值钱的东西，正是它们带给你快乐，你的人生也因此得到滋养。这才是无价之宝。

久闻大濛先生名也。大濛，人称“江南草圣”，并非怀素狂书之草，乃是蒲草之草。买过他的蒲草书，网上观过他的蒲草展，也知道他造有蒲园一座，仰慕久之。有一次前往无锡，专程寻去蒲园拜访先生，于“一拳石斋”煮茶论道，赏蒲聊天，甚是欢喜。

1. 蒲园之草

王大濛的蒲园，其实是一座私家园林，也是大濛位于无锡太湖附近的小院。其处山石林立，竹影婆娑，花草隐约。面积虽然不大，却是移步换景，果然是中国传统文人的意趣。

大濛爱上蒲草，大约有十年时间，当时并没有多少人玩这个东西，无锡古玩市场偶尔会有人拿了去卖，却无人问津。他就开始接触菖蒲，收集菖蒲，甚至自己去山野采集、种植菖蒲，从此一发而不可收。而今蒲园之内，约有二三百盆蒲草，姿态万千，高低错落，每一盆，每一株，都可令人细细品赏，流连不已。

为了安置蒲草，大濛特别搭建了一间斜顶玻璃房，从地上到几案上，再到凳上或竹架上，层层叠叠摆放着菖蒲。植蒲品种，有虎须、金钱、石菖蒲、金边菖蒲、银边菖蒲、日本菖蒲等，大者辅以假山灵石，草石穸插，如一座园林；小则仅可盈掌，精致可爱，堪为把玩。

一块石头便是一座山，一棵蒲草便是一片林。王大濛以中国传统绘画美学中的平远法、深远法、高远法植蒲，此为独创。兼以雕塑造型美学辅之，以增加其形态意境之美。此外，他还亲手制作了一批紫砂盆用以植菖蒲，在其空白处题字镌刻，盆草相映，古意顿生。

大濛种菖蒲，多采用明代的附石菖蒲种植。所谓附石，即它不光是种在盆里，而且附着在石头上。这种种植法需要在石头上打洞、引水、选择角度，让菖蒲与石头浑然一体，

翠屏

菖蒲的根从洞中汲取水分，时间久了，一派苍翠。大濛说，石与蒲是大自然的载体，让人有一种“卧游”之感，即便躺在家中，看到它，心中也有畅游自然的感觉。

他所选用的石材，包括太湖石、英石、昆石、灵璧石，还有别出心裁的戈壁石、瓦片等。所选水盆也极其考究，他爱历经时光抚摸的老石盆，也爱古雅沉静的紫砂盆。他亦会按照蒲草的长势将手边的旧物外形改造成搭配和谐的蒲草盆。他擅于动手，刻金石紫砂，掏砖瓦石盆，样样专精，无一不能。菖蒲盆的材质或陶或砂，或石或瓷；形制则有方有圆，有六角形，有海棠形；石则或壁立如岳，或偃卧如虎，形态迥异，各有千秋；石上盆上，常有他的刻字，更添几分清雅。

菖蒲其实并非现在才热起来，苏东坡等宋代文人就玩得很疯。大濛说菖蒲是一棵草，她的魅力，首先是一个“雅”字，非常淡雅。菖蒲生长于林间水溪，喜雨喜阴喜水，是至阴至柔之物，非常有文人气息，所以特别适合书房案头。

一株菖蒲，在大濛手中，成为自然与人文艺术的载体，体现着中国绘画的理念、造型艺术、书法艺术、镌刻艺术。蒲草或植于盆，或附于石，都成了中国传统文人心中的那一道山水。

2. 时间之美

大濛植蒲，有山林气，这个气象也是时间“养”出来的。

明代文人高濂在《遵生八笺》中云：“菖蒲……欲其苗之苍翠蕃衍，非岁月不可。”大濛先生常常不修边幅，率意天真，每天早上起床后，第一件事就是去院子里看草，一点小变化，都能带给他小喜悦，这是一种渗透到生活缝隙里的欢喜。更多的时候，他也在蒲园中刻盆、琢石，一待就是半天，时光就在与草默然相对中流走。

而大濛认为，这样的时光是最可珍惜的。

他甚至反对菖蒲是用来“养”的说法。他说蒲草本来生在那里，即使是被他请到了生活中，他所做的，也只是陪伴它生长，关心它的生活。“最确切的说法，是草在‘养’我，是草在成全我，而不是我在施恩于它。”

蒲园中的菖蒲，每一盆都陪伴大濛好多年。正是这样的相互陪伴，使彼此熟悉。每一种品种的性情、脾气都不一样，正是这些微妙的细微差异，使各自有了只可意会不可言传的韵味，这就是文化。

金钱蒲是菖蒲中的皇后，蒲呈皇冠圆形，一圈一圈层层旋转而上。古人称之为“金钱”是形似钱之圆形，也说明它的高贵。

清代德化窑蒲盆种植的金钱菖蒲，已越十五载，蒲种年远而得之苍翠郁然，十五个春秋根茂叶密，这需要“时间”的参与。大濛认为，人与物的关系更需要时间，时间越长，越显完美。比如陈年普洱茶，十年、十五年、二十年，越陈越够味。比如中国画的宣纸、墨，随着时间的流逝，质地沉静火气全退，纸色墨色润泽如玉。再如太湖石的风化老皮壳，也是时间留下的“面容”，苍古闲远。

日月运转，风花雪月，春夏秋冬，把时间凝固在物之中。世上有很多不值钱的东西，正是它们带给你快乐，你的人生也因此得到滋养。这才是无价之宝。

3. 艺术之玩

在作为“蒲人”声名远播之外，大濛的身份其实是江南新文人画家。《美术观察》对王大濛画作的评价是：王大濛的画一片空灵，自有文人画所特有的清淡萧散之气，使人如坐竹露荷风之中，悠然心会，俗虑自消。

离开了教学岗位，大濛让自己回归到一种“自由散漫”的状态。他给自己提出一个理念：要回到童年，要像童年那样去“玩”。

“我们小的时候都玩过，人生实际上最好玩的时光，就是小的时候。童年、少年仅有十几年，想起来却好似漫长的几十年。”大濛喜欢“山静似太古，日长如小年”这句话，没有目的、没有名利、任性地玩耍，会感觉时空拉长了。

大濛现在的生活状态，正如他的蒲草，宁静、闲适、散淡。与一片草默然相对，是最幸福的。“我不是浪费自己的晚年。以前要上班，很无奈。比如写论文，一定要按要求的形式来写，一定要在什么杂志上发，我真是没有兴趣。现在好了，我自己玩。其实是与大自然玩。在这种玩里，生发出来的思想，是有意思的。”

大濛之“玩”，是一种高级的玩，要玩出名堂，玩出“道”。玩物可以养志。跟谁玩？他是跟古人玩。生活即艺术，艺术即生活。大濛一直认同这句话。其实江南的文人，一直是坚持生活化的艺术的。古代一流的文人，都是隐居的。进了门，门一关，就是一片山林。艺术是为什么，最终还是要落到生活上来，要做生活的艺术家。

大濛说自己只是“为生活做点艺术”。现在大多数的人，是为面子活着，为别人活着，大多成了机器——都没有时间去思想了。“有钱难买是闲情”，大濛一日一日，为一盆盆蒲草，在园子里浪费那么多时间，他多奢侈。他认为这样的时间，才是真正有价值的。从这个角度说，大濛是真正受到了蒲草的滋养。

4. 菖蒲之热

近几年，菖蒲忽然很流行。有的菖蒲一盆被炒到万元以上，也有人以种菖蒲为业，大发其财，大濛认为此举完全失去了精神性情和美学追求，等于失去了菖蒲的文化性。

菖蒲文化有两千多年的历史，即便不讲两千多年，就从苏东坡、陆游开始——他们都有菖蒲癖，也有一千余年了。古代的菖蒲文化，是我们中国人的精神底蕴，但很多年轻人并不知道是怎么回事。中国古代文人的审美理想，归根结底，就是“雅正”二字：“雅”，为修养与文气；“正”，为堂堂正正的浩然正气。菖蒲兼“雅正”于一身，是最符合中国文人精神的植物。大濛植蒲、写书、办展，梳理菖蒲文化脉络，传播菖蒲文化，实际上也是在弘扬中华民族优秀传统文化。

菖蒲热潮的兴起，归根到底还是一种内在的推动力，因为当下很多人的内心太需要这样一个载体，作为精神的寄托，和文化的回归。于大濛个体来说，他将菖蒲文化在理论上、历史上、情感上做了一个总结和呈现，对菖蒲文化的回归起了一个助推作用。

大濛还提到一件趣事。大濛的姐姐，有一天告诉他，妈妈最近在家里哭。问她为什么哭。她说这个大儿子（大濛）苦啊，他教书时很忙，现在退休了也没享福，成天在家里敲石头（做菖蒲盆）。大濛就跟姐姐说：“那我难不成也拿两把红扇子，到广场去跳舞吧？”大濛说，他敲石头，侍蒲草，才是真正的“享福”，身心两愉，乐在其中呢！

·对话——

周围：菖蒲主要有哪些品性特征？

王大濛：菖蒲是性灵之物，简洁有出尘之致，其俊秀卓然的气韵正合文人宁静致远的秉性。苏东坡说菖蒲“忍寒苦，安淡泊，与清泉白石为伍”，这三句话是菖蒲精神的总纲——菖蒲长于深山远溪，酷寒之天百草凋敝，唯菖蒲碧绿，这是“忍寒苦”；菖蒲隐居隔世之山，无人看它，它也不需要别人去看，但依然长得那么精神，傲然挺拔，是为“安淡泊”；菖蒲以清泉为伍，在污染的地方它生长不出来，它所有的状态都是干干净净的，白石上没有任何土，但它的根就扎在白石之上，所谓“不资寸土”，是为“与清泉白石为伍”。

周围：文人常说蒲香雅致，您觉得菖蒲之香有何特别之处？

王大濛：菖蒲的香气与众不同，带着生拙的味道，醒透深沉，绝非表面的“香”，这符合中国文人对于香气的美学追求——西方的香，呈“面”状，迎面而来，直接“扑”向你；而中国的香是“线”状的，一丝一丝，徐徐袭来，若有似无，有意去闻闻不到，一不小心却进入鼻息。这和品茶的道理一样，上好的茶香不会冲击你的味口，而是深沉的、透明的、甘厚的感受，最重要的是能“回甘”。其实中国所有艺术都是“线性”的，中国画用线条来表达感情，中国音乐比如古琴、二胡，也都是“线”的。线更容易振动、更敏感、更细腻、更微妙，那种一丝一丝的，让你感觉到一种文气、一种“雅”、一种韵味，很绵长。

周围：您的菖蒲有哪些品类？

王大濛：明代《遵生八笺》把菖蒲分为六种：“金钱”“牛顶”“台蒲”“剑脊”“虎须”“香苗”。凡盆种作清供者多用金钱、虎须、香苗三种。我的菖蒲有些是自己到野外、山里面、小溪边去寻找来的，整个过程非常有乐趣。此外，我还有四五个品种的日本菖蒲。日本菖蒲最大的特点就是矮小，最小的是差不多一公分的“极姬”菖蒲，然后再大一点有“天鹅绒”。

周围：您对普通人种菖蒲有些什么建议？

王大濛：一、关于目的。首先要爱好，是真心喜欢。否则不会付出真心，也坚持不了。做好任何事情，都是要真喜欢，你才会用心去做，而不是敷衍。

二、关于水分。其实很好养，只要不离开水；即使叶子黄掉了，只要剪掉就可以重新长出来新叶，它不像兰花那样娇贵，兰花叶子烂了基本上根也烂了，救不活了，但菖蒲不会。

三、关于空气。要空气流通，但不是直接吹风，吹到风的话，水分一下就蒸发了。

四、关于光照。叫“有光无照”，尽量不要太阳光直射，稍微有点散光就可以，特别是夏天，避免直射，这样才不至于脱水。在阳台上的话，可以种一点竹子，叶子相对不是太茂密也不是过于稀疏，可用来遮挡分散光照，或者放北阳台，宁可没有光照也要避免直射。

五、关于病害。要注意虫子、霉菌、传染病等病害。

六、关于过冬。冬天相对容易过，只要准备泡沫的盒子，把菖蒲放里面，上面盖上透明塑料薄膜或者玻璃，留出一点空隙就可以，然后放在玻璃窗后面留一定的光线，这样保暖又保湿就能安全过冬了。

七、关于过夏。夏天温度高，空气干燥，容易脱水，所以在阳台种的话，最好是铺设或者垫城砖，或者砖下面还可以铺设沙子，这样水分不容易流失。

二冬

或称冬子，原名张二冬，画家，诗人。1987年生，2009年毕业于西安美术学院油画系，现居西安。2014年，花4000元租下一处终南山的老宅，使用期20年，又花了几千元将老宅改造成民居，一万元实现“诗意栖居”。山居所需的水是自己担的，食材是自己下山买的。自己蒸馒头，种菜，养鹅，挖地基、铺地……乐在其中。作品《借山而居》畅销一时，《鹅鹅鹅》也在热销。

二冬：借山而居

文 | 简儿

> 当我们的心领略了自然的美好与神奇，那一颗心就变得丰满而充盈。日月、山川有奇异之姿，人亦有奇异之姿。有的淡泊，有的洒脱，有的奔放，有的婉约。有的静若处子，有的动如脱兔。所以，行走在这世间的每一个人，既渺小又不渺小，既平凡又不平凡。

当我意识到一切皆虚无的时候
才慢慢感受到存在
所以，每一天都很满足
每一年
都很丰盛

——二冬《鹅鹅鹅》

五年前，二冬花了4000块钱，租下了终南山的一座小院，使用期限20年。为什么选择终南山呢，二冬说，最大的原因是对西安有某种情结，对民族文化有某种依赖。

茫茫终南山，云深不知处。

二冬经常弄不清星期几，仿佛过着“不知有汉，无论魏晋”的日子。

每天早上起来，看一会儿从窗户钻进来的光。中午，坐在院子里的躺椅上，闭上眼睛，舒舒服服地晒一会儿太阳。那是比写诗、画画更诗意的存在。

二冬说：“有个家，有个院子，还有一个桃花源，其实并没有那么难。”

先是铺路，把石头一块一块搬进院子，在院子正对堂屋的位置，码出一条小路。再往缝隙里填土，然后抽支烟，等一场雨。

再刷墙、收拾屋子、搬家当，终于，二冬把一个破败、废弃的小院，变成了他心中的桃花源。

那天上山，雨实在下得太大了，二冬发来信息说：“上山危险，需要拐杖雨鞋雨伞。”

要不要上山呢？说实话心里颇是踌躇了一番，因为不知道那危险是怎样的危险，会不会有山体滑坡泥石流诸如此类的。

打电话给来接我们的小伙子梁雷：“到底能不能上山啊。”

“能。”梁雷倒是回答得斩钉截铁，“不过雨天路滑，必须用拐杖，已经给你们准备好啦。”

梁雷来接我们，果然，车后座上躺着三根竹竿。

我们就这样上了“贼船”。

雨哗哗地下，梁雷把车子开得飞快，简直像玩儿似的。朝车窗外偶然一瞥，不禁倒吸了一口凉气。山路两旁没有护栏，底下即是悬崖。

去山上访二冬的朋友，大多是梁雷拉上去的。梁雷眼睛小小的，说话像机枪扫射：“来找二冬的人很多，不过二冬不搭理他们哟。”

到了山路尽头，是一块小小的坡地。梁雷停了车，把拐杖递给我们，大手一挥：“上山。”

“怎么上？我望着一个高高的陡坡。”

“爬上去呀。”

梁雷笑了。

好吧。我承认我真是上了贼船。穿着裙子、凉鞋，背着一个大大的包。不过才爬了几步，鞋子就被黄土黏住了。像苍蝇粘在了胶水上，想上上不去，想下下不来。

梁雷说：“你这样子肯定不行，把鞋子脱掉，用脚趾的力勾住。”

脱掉鞋，赤着脚，这时已经顾不得被荆棘、小石子扎破脚，只一心默念菩萨保佑，千万不要掉下山崖。

坡陡且滑，有好几次，险些要滑下去了。幸亏梁雷把我拉住。

忽然听到了狗吠声，梁雷说：“小七来接我们了。”小七绕着我们窜来窜去，奇怪，小七怎么身轻如燕，我这笨重的肉身哪。唉唉。

终于，爬上最后一个土坡，赫然出现一个土黄色的小院，门是木门，贴了对联：一院春光赏无尽，满树槐花食有余。横批：我宅。

院子里铺了一条石头小路，两旁开辟了菜地，种了黄瓜、番茄、玉米、青椒，还有黄花菜。明丽的橘色花朵，衬托着土黄色的墙，格外有一种艳。

再往里走，即是三间瓦房。一扇木门，门上还有一副对联：鸡鸣狗吠泥炉温热，鹊啼莺啾花木清香。横批：沐暄。

三只狗，伫立在门口，它们是郑佳、土豆还有邻居秀琴家的，大声冲我们吠叫。梁雷说：“去去去，别叫，都是冬哥的朋友。”

二冬从院子里笑嘻嘻地走出来。

我嚷嚷道：“二冬，我差一点就死掉了。”

那一刻，出现在二冬面前的我是这样的，赤着脚，裙子上满是泥浆，头发湿漉漉，沾满了草叶。要多狼狈就有多狼狈。

二冬说:“快进屋，我去给你们找衣服。”

不行，脚上都是黄泥巴，还是先洗洗吧。我们去院子里的一个水泥池子里洗脚，一池的清水立刻变成了浑水。

“二冬，这水你喝不喝?”

“不喝，浇菜。”

我想，院子里的那些菜一定恨死我了。

二冬去隔壁屋子拿来烟灰色球衫、棉鞋。我惊讶地睁大眼睛:“现在是冬天吗?”

“嗯哼。”二冬笑了，“山上冷，先穿上了再说。”

果然，一坐下来就簌簌发抖。换上球衫、棉鞋，这才暖和起来。围着一只炉子，二冬沏茶给我们喝。

那一只炉子，上面有块搁板，铺上去可以当茶几，拿下来，往里面添炭火，冬天就靠它取暖。

琥珀色的茶汤，倒在白瓷茶碗里。喝了两口，渐渐缓过劲来，失去的魂魄终于又回来了。

开始悄悄环顾四周，这屋子看着甚是真切，和《借山而居》书里的那些图片一模一样。但比图片更亲切。因我来到了这屋子里，坐在了棉布垫上。目光触摸到了墙上的画，桌上的瓷瓶、水仙花、干树枝、藤筐、一块摩托车后视镜做的镜子、毛笔、砚台、宣纸。

那宣纸揉进了茶叶，写上去的字，有一股茶叶的清香。

墙上挂着一幅油画，画了一座山，一个人。一个人，走近一座山。也可以说，一座山，走近一个人。山是终南山，那个人，也许就是二冬自己吧。

二冬说："不要给我戴隐士的高帽子，我的头没那么大。山上每个月只要花五十块钱。每天喂狗、喂鹅、画画、写诗、喝茶、听歌、晒太阳。这种逍遥的日子是我所喜欢的。"

二冬坐在一把躺椅上，背影像一帧静物。

院子里，黄瓜在攀爬，豆子在结豆角，西红柿在变红。几株黄花菜仰着金灿灿的小脸，欢快地笑着。郑佳和土豆躺在院门下，雨落在它们的脑袋上，湿漉漉的。

雨声吧嗒吧嗒，敲击着黑瓦。这雨声听着与别处的不同，更加古老、寂静、绵长、悠远。雨声中，所有的思绪似乎都淡了，远了，轻了，散了。一颗躁动的心忽然也安静下来了。

一记一记，仿佛恋人的爱抚，那爱抚既轻盈又温柔。

如果没有什么别的事情，几个人坐在廊檐下听一场雨也是好的。

当然没有什么别的事情，几个人不过只是坐在廊檐下听一场雨。

这一场雨，仿佛会一直下到天荒地老，时间尽头。

“人群和爱情都有催眠作用，让人不清醒。唯有孤独，清澈如初生。”

有一个下雪天，二冬一个人走在终南山上，天地之间是他一个人的脚印。这样浩瀚而虚空。一种孤独攫紧了他，但是他心里却感到无比的充实、丰盈。

何为孤独？二冬说，当遇到特别美的震撼的，手机拍不出来，诗和画都很苍白，又无法分享的时候，这个时候就特别孤独。

孤独是一和无法言说的美。

二冬被问过的最多的问题是：

你一个人？

心慌不？

晚上害怕吗？

你吃什么？

总得花钱吧？

收入来源呢？

结婚怎么办？

总得在山下买个房子吧？

有网吗？

那些问题都不是问题，问题是，二十七岁的二冬，不能没有他的桃花源。生命简直太短暂了，一年一年，翻书一样快。他希望这一生，每一天都是实实在在的一天。每一个日子，都属于自己一个人。

他只是想“以自己喜欢的方式过一生”。如此而已。

多好啊。每天都是星期天，喂狗、喂鹅、画画、写诗、喝茶、听歌、晒太阳。每一天都过得逍遥自在。

从院子里望出去，是茫茫终南山，山上的雾岚，迷蒙的水汽，一株树，一朵花，一片悠闲的云。

一个饱满、新鲜、丰盈、辽阔的世界。

一天又一天，一年又一年，五年的时光，二冬一个人住在院子里，种菜，写字，画画，看云，一点也不觉得单调，每一天都让他觉得饱满与新鲜。

那是一朵花开的喜悦，一株玉米抽穗的喜悦，一只黑背白肚脐的喜鹊在门前唱歌的喜悦。

一个人独享寂静与孤独的喜悦。

世界很大，可是脚下的那片土地，那一座山也很大。山居岁月，从翻地、播种，种子发芽，长叶，开花，结果，结的果子吃不完，到一声鸟鸣，一场雨，一个虫子鸣唱的夏夜，带给他的新鲜与丰满，令他感到震撼。

那种新鲜与饱满，来自一颗孤独的灵魂与丰盈的内心。

还有那些历代高僧仙道、文人雅士在这里留下的痕迹，

他们与二冬内心相契合。

于是脚下的那一座山，天地、光阴、日月、宇宙，还有山上的植物、动物，皆成为他最亲密的朋友。

他以一颗赤子之心，爱上了那一座山。那一座山，赐予了他清风明月，良辰美景。且看二冬的山之四季：

一月，叮叮当当凿冰取水。

二月，山静日长。

三月，万物生。

四月，吃货的季节，可吃的有：蒲公英、榆钱、槐花、羊奶果子。

五月，山花烂漫。

六月，杏子熟了。

七月，野百合开了。

八月，知了知了。

九月，遍地小野菊。

十月，秋风凉。

十一月，叶枯寒。

十二月，大雪飞。

山之四季，一年一年轮回，看似重复，但其实不是。每一个日子都是新鲜的饱满的。每一个日子都实实在在。每一个日子都充满了幸福感。因为，每一个日子，都是二冬所喜欢的。

二冬说："生活的真相往往很残酷，山里的生活很美好，也很清苦。怎样理解这种美好和清苦呢？很简单，春有百花，还有泥巴。秋有月，还有漫长的阴雨季。夏有凉风，还有虫。冬有雪，还有寒冰。那些苦的存在，是为了让甜成为甜。"

二冬说："讨厌三个词：勇气，忍受，坚持。"

"喜欢一件事情，不过只是顺应自己的内心去做罢了，哪里需要勇气。"

"山居于我是一种生活，寂寞于我是一种欢喜。谈不上坚持。坚持这个词，听起来特别别扭，好像不得已为之，被人强迫似的。"

"那么有一天，你会不会下山？"

"我并不是避世，也不是隐居。我只是在生活啊。如果在别处一样自在，那当然也可以去别处。"

"相对于平庸的一生，我更渴望、迷恋生命的多样性。世界如此广博美好，我野心很大，都要体验。"

一转眼，二冬在终南山已经住了五年了，从一个二十多岁的小伙子，到三十而立。五年的时光过得很快，也很慢。他把北场（他的小院），几间破破烂烂的房子修缮一新（其实也不新，看起来仍旧破破的）。

刚住到山上时，村子里所有的人都说他的房子风水最差了，现在，村子里的人说，北场的风水最好。

其实过了一年，村子里的人就羡慕二冬了。他的几间破房子，屋顶全部翻修过了，窗子装上了现代的铝合金（有人说干吗不装木窗，多煞风景，二冬说，我只是为了看风景，又不是为了成为别人的风景）。

门上挂了米白色的布帘子。墙面刷白，不过仍旧不平整，留下了斑驳的时光的印记。

院子里种了番茄、玉米、黄瓜、青菜，栽了一株杏树，为了三月看杏花树倒映在水池里的影子，还专门挖了一个"肾池"（形状像一只不规则的肾，就是我洗脚的那个水池）。还养了三只鹅，五只鸡，七条狗，两只猫。

三只鹅引颈歌唱，排着一字的队伍，气宇轩昂地走在院子里。

五只鸡，一只叫凤霞，总是独来独往，在后院里走来走去。还有一只叫建国，是村子里最雄壮的一只鸡，妻妾成群。

七条狗，名字分别叫一二三四五六七，骗你的啦，其实分别叫土豆、郑佳、蓝蓝、小宝和小七（还有两条姓名不详）。

二冬说，土豆很简单，很天真。吃饱喝好就撒着欢儿奔跑，土豆会哭，土豆会笑，土豆是个隐士。

郑佳是大内总管，贪恋女色，只要是女的，就摇着尾巴放行。可惜有一次和邻居的黑狗打架，瞎掉了一只眼睛。

一只猫咪叫晴晴，还有一只叫咪咪咪咪咪。

二冬上山，下山，骑的是一辆嘉陵牌摩托车，已经骑了五年了，是他的一个老伙计了。有一天摩托车坏了，推到山下去修，换下来的脚刹、钥匙、排气筒，他都舍不得扔掉。坏掉的后视镜，他也掰下来放在桌上，吹头发时照一照。

如果有一天，你在终南山的山路上，看见一个年轻人，骑着他的摩托车，突突突，突突突地从山路上驶过来。那个人看起来又潇洒又快乐，也许他就是二冬。

二冬说："我只是个孩子。"

一团云从院子门前飘过，他像个小孩子一样仰头看了半天，看得脖子酸了。一边看一边还满足地叹了口气，真美啊。

抓一把槐花，扔进嘴里，像吃小鱼儿一样吃掉了。他只吃槐花米，将开未开的，那种最甜。

二冬还说，生活其实很简单，有水喝，有饭吃，读书，画画，听音乐，晒太阳，睡到自然醒，写诗会友，围炉夜话，

我所需要的一切，都有。我在我的世界，是我自己的王。

不过有时候二冬也会感到失落。譬如四月中旬，二冬看到院子里槐花开了，白花花的，很魔幻。二冬说，它可以开上千年，我却只能看几十次。

这一生说长不长，说短不短，不过就是看几十次花开花落。

二冬的《借山而居》出版之后，销量达到20万册。有人问他的生活受到了什么影响没。他回答:“说实话本来是有的，但都差不多消解掉了。人一旦出了名，丧失了躲在人群背后看世界的那种美好，是最悲哀的事。而藏在后面的生活有多样性，才是我最迷恋的部分。”

他喜欢安静地藏在人群背后。

“这一生的时间都可以由我任意支配，并会持续下去；有电影、音乐、书，有宣纸、毛笔，油画框；有鸡有鸭，有猫有狗；有山有云有风有太阳，有吃有喝有余粮。可以自然醒，沐暄堂。我想要的一切，我都有。我不想要的都和我无关。”

“终其一生，不过就是此刻。”

“——唯有此刻，此刻有光，此刻坐在炉子旁。”

山上的一天，过得比山下的悠长缓慢多了，但二冬还是觉得时间过得太快，一生的轮回，太短了。

二冬觉得植物需求最少，所以最容易满足，有阳光清风和水，就很快乐。能做到植物那样的，是佛。动物比植物需求多一点，除了吃好睡好之外还得撒欢奔跑，能做到动物那样的，接近于道。人呢，如果欲求少一点，知足常乐，就是最好的一生。

采访结束，二冬说：“你们饿了吧，我做饭给你们吃。”

厨房很大，有一扇木格子窗。窗户中，透出淡淡的绿意和天光。

白色大理石台板，水池，与城市并无差别。竟然还有冰箱和煤气瓶。

“现代人的生活嘛。”

二冬笑了：“我本来就是在这里生活啊。又不是苦修。嘿嘿。”

二冬去院子里摘了几只青番茄。刨了两只土豆，从冰箱里取出一袋马来西亚臭豆，还有虾米。

番茄切片，土豆切丝，虾米剁碎。不过一会儿工夫，二冬像变魔术似的变出了三道菜。

淡绿色的桌子，白瓷盘子，一把银勺子。三道菜分别是：酸辣土豆丝，清炒番茄，虾米炒臭豆。那个臭豆，脆脆的，很好吃。

几碗白米饭，几个人狼吞虎咽，三盆菜一扫而空。

这一顿饭，是来西安吃过的最好吃的一顿饭。

西安的臊子面太辣，锅盔太硬，每一顿都吃得我直皱眉头。

雨后，山色空蒙。云仍是墨色的，疏淡的几笔。山是翠的，披了一件淡绿色的衣裳。我从来没有见过一座山，这样的秀而美，雅而静，淡而有味。

几乎爱上了这一座山了呢。

茫茫终南山，云深不知处。几乎生出归隐之心来了呢。

下山时，见到一个老农，牵着一匹白色的羊。那一匹白羊，低头吃着青草，姿态美好，气息洁净。

令人称奇的是，终南山的狗也食草。小七来送我们，顺便在山路旁吃了一会儿草。终南山的草鲜嫩多汁，终南山的人来去无踪。

二冬说：“有时在山里走一天也见不到一个人。”

我们路过一个房子，看见两个男人在地上搭了帐篷，那两个男人说是黑龙江人，刚刚租了房子。2000块一年。预备在山上住几个月。

“还有房子吗？有啊，隔壁就有一间。”

果然，隔壁那一间的木门上写着字：此房出租。后面是一串电话号码。

梁雷帮我们打电话过去。那一户，是队长家。队长的女人说：“要是你们租了我的房子，把屋顶修好，做吊顶……”

脑袋忽然大了。忘记了一件事情，要想把这房子打理得可以住进去，非得在山上驻扎一两个月不可。

另外，二冬说："住山是有门槛的。最大的问题是"鬼怪虫蛇"或"孤寂"。半夜有声响，野兽来敲门，怕不怕？一个人住山上，没有人跟你说话，会不会寂寞？"

"没有水果，没有蔬菜，没有粮食，潮湿，阴冷，发霉，漆黑一片。如果每一个你都能打败，那就可以进山。"

二冬的话让我们退缩了。隔壁的"芳邻"走过来说："要是你们租了，可以帮你们接水电的。"

我摇摇头，谢了他们的好意。"芳邻"有点失望地走开了。

"那么，还是去山顶上看落日吧。"

梁雷带着我们沿着一条窄窄的小路，去爬另一座山。途中见到一个放牛的老人，那几头黄牛个头奇大，其中一头黄牛一个趔趄，蹄子一半踩到了悬崖边。不禁替它把心都拎起来了。

它倒好，突突突朝我冲过来。我急忙闪开到一旁。

那头黄牛，用它无辜的水汪汪的大眼睛回望了我一眼。

再往上爬，幻境出现了。

山顶上有一片平地，大约两三个足球场那么大，出现了一大片花海。白色的野菊花，摇曳多姿。万丈霞光，染红了天际。云彩涌动，犹如镶嵌了金边。太阳像一个醉汉似的，摇摇晃晃地从山梁上掉下去。月亮像一面银镜，从茫茫人海中升起来。日月同辉。

我从来没有见过这么好看的落日。

好看得几乎让人想要落泪呢。好看得让人忘记一切，又记得一切。

悬崖旁，停了一辆白色的吉普车。不知是何人行驶到了这里，前方再无路途，又无法后退。于是，只好停了下来。

那又是谁呢，竟然有这么大的勇气，把车开到了山之巅。

他是否也看到了这样壮观、好看的落日呢。

他是否也像我一样叹息：在天地宇宙的怀抱里，一个人，是多么渺小、平凡啊。

不，当我们的眼睛摄入了这一片风景时，那一片风景就永恒地留在了我们心中。

当我们的心领略了自然的美好与神奇，那一颗心就变得丰满而充盈。

日月、山川有奇异之姿，人亦有奇异之姿。有的淡泊，有的洒脱，有的奔放，有的婉约。有的静若处子，有的动如脱兔。

所以，行走在这世间的每一个人，既渺小又不渺小，既平凡又不平凡。

“瞧，月亮有一圈淡淡的月晕呢。”梁雷说。

果然，在那一面银白色的镜子外，罩了一个淡灰色的环。

我是第一次见到月晕呢。

月亮，一个冷艳孤傲的女神，飞升于苍灰色的天空中。

周华诚

作家，独立出版人。“父亲的水稻田”创始人。出版作品有《草木滋味》《向美而生》《下田：写给城市的稻米书》《造物之美》等十余种。策划出版“雅活书系”、“我们的日常之美”书系等。摄影作品《父亲的水稻田》入选黄山国际乡村摄影节。

周华诚：稻田小旅行

文、图 | 周华诚

现在，大家都在提“乡村振兴”。乡村振兴不能靠六七十岁的老人来完成，只能是年轻人——只有更多的年轻人愿意回到自己的村庄，村庄才能充满生机，充满活力。希望更多的年轻人，回到田野之上，发现乡村的无限可能，发现更美的风景。

1.

孩子们成群结队满村子乱跑的情景都不见了。哪怕是周六，村庄也是静悄悄的。没有摇着拨浪鼓卖小玩意儿的货担郎，没有走村串户的木匠、箍桶匠，也没有了赶公猪的人，没有抬着嫁妆吹吹打打的长长的新人队伍，也没有人穿着蓑衣赶着牛从细雨中走来。

村庄寂静得可疑。

显而易见，我们的村庄正在发生着深刻的变化。房子变得高大，道路变得平坦。新农村建设使得村庄变得新起来，但是这仍无法阻止村庄里的人越来越少。

这就是现在的村庄。每一次回到我的村庄里去，我都觉得眼前景象可疑。同样可疑的还有春节——村庄一下子热闹起来，到处都是衣着光鲜面容陌生的人。明明都是这个村庄的村民，但是大多数时候他们都会消失，像一滴水消失在城市的人海中。

我从小在浙江衢州那个叫作溪口的村子里成长，每天上学要从广阔的田野间穿过，闻着稻花和油菜花的芳香。农忙时和父母一样挽起裤脚下田，一个暑假下来整个人晒得乌黑。

当我因为插秧、割稻而腰酸背痛、苦不堪言之时，父母的告诫就在耳边响起：你看，如果不好好读书，就只有一辈子下田！

好啊，那就咬牙，努力读书。

16岁，我终于离开村庄，考上了省城的学校，从此不用当农民。

可是，我们的村庄，也在发生着触目惊心的变化。每一次回到村庄，我都觉得痛心，几乎所有壮年劳动力都进城打工了。

家里的土地抛了荒，长满野草。和我同龄的人，平时在

村庄里见不到一个，只有过年那几天，大家呼啦一下重新出现，再过几天，鞭炮味还没有消散，就呼啦一下全都不见了。

我们以前读书，看到古诗里“青箬笠，绿蓑衣，斜风细雨不须归”，“牧童遥指杏花村”，“朝耕及露下，暮耕连月出”，觉得这是中国的农村，江南的农村。

可是，你去看看，我们的农村，现在已经没有这样的情景了。

村民们离开祖祖辈辈熟悉的土地，转向陌生的城市和工厂谋生。土地似乎一夜之间被他们抛弃。可是如果死守土地，洒下无数汗水换回的收获，根本不足以维持基本生活。

农民是自卑的。我的父亲当了一辈子农民，从来没有为自己是个农民而感到骄傲过。他和别人一样挥汗如雨，他能种出很好吃的水稻与青菜，但是他从来没有为此而自豪。

他们是被时代的列车抛弃的群体，这个社会似乎不需要他们当农民了。但是，我们的村庄真的就应该变成这样吗?

中国传统乡村延续数千年的生活方式，就要这样消逝了吗?

乡村也不只是用来怀念的，而是需要大家一起去建设它。

2013年底，我在网上发起了一次叫“父亲的水稻田”的众筹。我的想法很简单——在家乡和父亲一起，用最传统的耕种方法种一小片稻田。从2014年春天开始，我回到乡下，回到常山县天马街道五联村的老家，与父亲一起种一片水稻田。同时，我通过自己的微信公众平台“周华诚”(微信号：izhouhuacheng)，让很多城市的孩子和我们一起插秧、收割。

在城市生活了那么久，我知道城市人想吃到纯天然食物其实很难。另一方面，我也想借这件事，挽留、传播在我看来即将消逝的农耕文化。

第一年，“父亲的水稻田”的大米价格定在每斤30元。当然，30元，除了一斤大米的回报，还有一些“附加值”——比如，通过网络分享稻田全程种植记录，见证从一粒种子到一捧大米的过程；分享水稻和农具的相关知识；还有一张父亲签名的“我们的水稻田”明信片。预订一定数量大米的支持者，还可以带着孩子来到水稻田亲身感受，20斤以上的可以分享粮食酿造的烧酒。

其实我心里完全没底，纯粹当成一种尝试。

没想到这个种田项目上线两个月，限量一千斤的大米就被订完。支持者来自全国各地，南到海口，北到东三省，西到遵义，绝大部分都是我不认识的人。

2.

种田就这样开始了。早春时我带上我的女儿，和父亲一起去田里用锄头翻地。这块“父亲的水稻田”项目实施地，

面积只有不到两亩。我跟着父亲的步子，在后边拍他怎么犁、耙、耖，文字记录写了十几页。

父亲终于学会并用上了智能手机。我教他使用相机、微信，用家里 WiFi 传图片、上网看新闻和视频聊天。父亲的微信名是“稻田大学校长”。

我们家插秧那一天，从各地来了四十多位朋友，大家卷起裤腿，兴高采烈地下田，但有的孩子一站到田里就哭了起来。不过慢慢地，第二年、第三年插秧，来到田里的大朋友和小朋友越来越多，大家来到田里，兴高采烈，就像过节一样欢乐。每一年秋天的收割，更是欢乐满满。

自从种水稻以后，我与父亲的联系频繁了很多。每隔一两天，父亲就会把水稻的生长情况拍成照片传给我。稻谷发芽了，秧田水淹了，水稻开花了，需要灌水了，他都会拍下照片告诉我——很多记者来到“父亲的水稻田”，他们把镜头对准我的父亲。父亲上了报纸，上了电视，村民们都很羡慕他。他们说：“老周啊，你种田，怎么就能上电视呢？”父亲也和他们开玩笑，说：“因为我是稻田大学校长啊！”

稻谷收割后，我们用了三天时间晒干，送到古老的碾坊碾磨。白白的大米捧在手中，每一粒都珍贵极了。我和父亲母亲一起，把大米包装好送到快递点，寄给各地认购的朋友。大家收到，都开心极了，说这样的大米“带着童年的味道”，

“是真正的好大米”。

我把收到的所有反馈都告诉了父亲，看得出来，父亲开心极了。

父亲是自豪的。当了一辈子农民，他从没有因为种田这件事像这样感到骄傲。

那一年夏天特别凉爽，城市里我身边的人都表示这气候真舒服。而8月中旬的一天，我打电话回家，却听到父亲叹了一口气说:“唉，还下雨。”

父亲说，久雨不停，稻禾又被淹了半截，这会儿正是大肚、抽穗的关键时节，天气如果不热起来，水稻的收成可就不好了。

我突然就觉得心里不安了。

旱了，渴雨；雨了，盼晴。一介农民，千百年来哪一季节不是在焦虑与期盼中度过？我发现自己原先自以为是，心比天高，哪里会像父亲一样，像农民一样思考问题？从小到大，父亲在田间教会我许多事情。后来我离开了村庄，离开了稻田，在城市中生活，但父亲一直在乡下。原先我觉得土地没有那么重要，父亲要想生活过得更好，完全可以和我们一样离开土地，进入城市。可是，父亲早已习惯了土地上的生活。那里有他的根。当我重新回到稻田，重新挥洒汗水劳作，重新耕耘与收获的时候，我与土地之间的那种断裂的联

父亲的·水稻田

系终于又重新建立起来了。同时建立起来的，还有我对于父亲的理解，这也给我带来人生观与价值观的改变。我从土地里，获得了很多，不仅仅是粮食，还有内心的宁静。

我不再认为城市是更好的生活的地点。

我也不再认为其他任何职业比当农民更值得骄傲。

农民和村庄，在这个喧嚣的时代是被掩盖的，被遮蔽的，农民的劳作价值是被低估了的。如果我不为当农民的父亲以及更多的农民父亲们说话，还有谁能为他们说话。

因为“父亲的水稻田”这个“乡村实验项目”，许多城里人来到我们家的水稻田。大家一起扛出沉重的打稻机，一起用镰刀割稻。这些活儿不要说孩子们，就是很多大人都没有体验过。只有直接接触土地，才会深刻感受劳作的辛苦、粮食的得之不易。

3.

机械化发展迅速，单家独户的小农种田，愈加显得背时。除非大规模耕作，否则种田注定是要亏本的。但这恰恰是我来做“父亲的水稻田”这件事的初衷所在。这是一种笨拙的劳动。其实很多手工活计也都是如此，都是笨拙的劳动。一个绣娘可能要花两三年才能绣完一件作品。一个篾匠终其一生也做不了几千个竹篮。一个农民，一辈子又能插多少秧。这些笨拙的劳动者，最可惜的，不是他们做不了多大的事，而是即便一辈子都在做这件事，却仍然被时代所抛弃。时代像个火车跑得太快，笨拙的人跑丢了鞋，仍然赶不上它。

自从有了“父亲的水稻田”，我与土地有了更多的联结。从春到秋，我想记录下水稻耕种的过程，我想体会父辈在这些劳作中的艰辛与汗水。我想把这样的劳作与耕种，传达给我们的孩子，以及城市里的人们。

我写了一本书《下田：写给城市的稻米书》，那本书，是我写给父亲和村庄的，更是写给城市，写给孩子的。城市里的孩子，他们双脚接触不到真正的土地，他们对于耕种的体验是建立在书本上的。传统中国的农耕文化正在快速地消逝，即使是农村的孩子，他们也不会种田了。写给孩子，就是写给我们的未来。

“父亲的水稻田”，不知不觉，已然种到第四季，更多的故事还在发生。2017年，我们五联村建成了一个“稻作文化馆”，这个稻作文化馆是请了中国美院的团队来设计完成的。村民看了这个馆，说做得好，上档次。水稻界鼎鼎大名的科学家袁隆平老先生，居然给我们村题了一块匾，四个大字——“耕读传家”，还有一行小字——“赠常山县五联村”，这可是镇馆之宝。

这一年，“父亲的水稻田”还让许许多多有着共同志趣的朋友会集起来，来到这个村庄。我们的水稻田引进了新品种——水稻育种专家沈博士最新的研究成果，一种长粒型的粳稻。秋天的时候，稻友们得以收获品质极佳的大米。这种长粒型粳稻的口感，超过了我的父亲曾经种过的任何一种水稻。当时，这个品种还没有命名。其中参与水稻田收割的一位稻友雅号“包公子”，擅长舞剑，于是沈博士慷慨命名新品为“包公子”——乃传为一段佳话。

稻田收割时，我们在稻田里做了一项名为“TIME”(时间）的艺术活动。在广阔的稻田中间，只保留了600株水稻，从所有人来到日间开始，一个相机镜头就默默地纪录这一切：大家走动，收割，脱粒，直到一个半小时后，收割完成，人群散去。水稻的生长，需要时间；人生的过程，也是时间。我们在这个收获的过程中，让大家静静体会时间的价值。最后，这个收割过程被制作成一个动画，所有参与收割的稻友，成为这个艺术作品的共同创作人。

“稻谷两头尖，天天在嘴边。粒粒吞下肚，抵过活神仙！”稻谷收割的时候，国家级非物质文化遗产“常山喝彩歌谣”的传承人曾令兵，也来到我们的稻田，为开镰喝彩。一句歌谣，一声众喝“好哇”，回荡在田野上，响彻在天地间。三四十位稻友一起，站在沉甸甸的稻穗前留影。父亲、沈博士、我，还有那么多稻友，以及在稻田里跌跌撞撞、风一样奔跑嬉戏的孩子们，所有人脸上都挂着笑，那么开心。

“父亲的水稻田”向我打开了一片田野之上的天空。今天，当我们从城市回来，重新俯下身来耕作这一小片稻田时，早已跟传统意义上的农人有所区别，我们种田，从土地上收获的，又岂止是一捧稻谷。现在，大家都在提“乡村振兴”。乡村振兴不能靠六七十岁的老人来完成，只能是年轻人——只有更多的年轻人愿意回到自己的村庄，村庄才能充满生机，充满活力。希望更多的年轻人，回到田野之上，发现乡村的无限可能，发现更美的风景。

放 达 & 玩 家

老树画画

本名刘树勇，1983年毕业于南开大学中国语言文学系。现为中央财经大学文化与传媒学院教授，艺术系主任。从事当代视觉艺术批评与影像媒介传播的理论研究与实践。2011年开始，以“老树画画”为名在微博上发布画作，并配以诙谐有趣的诗文，文艺的怀旧小画与诙谐有趣的诗文获得广大网友的关注与喜爱，粉丝数百万。

老树画画：不如与花缠绵

文 | 彭治国　图 | 老树画画

> 老树说，他画画的过程，就是他在镜子里看清自己是谁的过程。“人性的一切毛病和优点，比如残忍、贪婪、善良、悲悯，我们都有。我们还远远不了解人性，它比我们认为的要复杂得多。我努力地通过自己的思考、阅读、创作来接近它，了解它，最终也是为了了解自己。”

老树的画作内容，大抵一个长衫男人（多数时候没有五官，偶尔点几个点当作眼睛和鼻子）出现在山前，水边，船上，树下，花间，屋旁，……徘徊，流连，发呆，像要寻找什么的样子。

那长衫男子，有时候也戴着口罩在雾霾里穿行，一如我们，还配上诗：“北京有大雾，心情不大好。前去见朋友，云里雾里找。”

有时候，则是那男人从山中出来，怀抱一束梅花，又配上诗：“无奈生于世间，日子真不清闲。与其与人纠结，不如

紅塵兩盃酒
空山一封花
將身在人世
駐心於天涯
甲午暗初時節
老樹畫並記

与花缠绵。”

有时，男子出现在林泉边，那底子分明是明清山水画的画法，美不胜收。天上却突然出现个飞机，或者导弹、降落伞、热气球，陆地上来了坦克、拖拉机、卡车、小汽车，水面上浮现了黑铁皮潜艇……这些好像荒诞的存在。有时候还配这样的诗:“八大最近挺闲，请我去泡温泉。拉上几个兄弟，石涛渐江髡残。手机联系梅清，昨天去了黄山。我们先去泡着，一会儿他来付钱。”

老树的画和诗，大抵幽默、风趣、好玩，但更有我关心的时代性在。看那长衫男人，看那明清山水画的格局，仍是古意盎然，但那雾霾、导弹，等等，却都有时代感。

在老树的画前，会不自觉想起自己身处的这个时代——我是谁？我从哪里来？要到哪里去？

老树还有另一幅画：那仿佛民国的长衫男人这次是坐在船上，泛舟远去，配诗曰:“人说江湖远，其实在身边。风云寻常事，无聊且凶险。何不泛舟去，听雨终南山。”

老树画的是他自己，但也是我们——我们的焦虑，我们的爱憎，我们的放弃，我们的坚持，我们对诗意人生的向往。

1.

我见到老树本人，才知道他是个老师，任教于中央财经大学文化与传媒学院已有几十年。他本名刘树勇，做研究，做评论，做设计，策划展览，老树的大名在摄影界如雷贯耳，是中国当代摄影评论界中的老前辈，发表了几十万字的学术文章。

至于画画，是老树的业余爱好，但早在南开大学求学的时候他就开始画画。他还拜了几位天津的名师，比如梁崎、王学仲。1983年毕业后分配到北京工作，边教书边画画，他那时的梦想就是成为一个画家。古代的、现代的大家们的画风笔墨，他都认真地学习研究过，但模仿来模仿去，就是找不到自己的风格。这让他感觉痛苦，于是20多年前，他放下画笔，做别的去了。

直到2007年，老树父亲病重。老树郁闷烦躁，晚上睡不着觉，又重提画笔。“画了几张，直到天亮，突然觉得有点意思了，之前那种努力想成却总也成不了的焦虑没了。那种没有经受过专业技法训练的焦虑没了。什么中锋侧锋、干湿浓淡，所有的那些规矩，统统变得不重要了。面对一盏孤灯，手握一支破笔，生活的阅历让笔下的画有了自己的面目。管别人说什么呢，自由地想象，自由地表达，才是唯一重要的事情。”

老树第一次对准了自己的内心，笔下也第一次出现一个穿长衫的没鼻子没眼睛也没有嘴巴的民国男子。

老树喜欢民国文人或武夫的性情。他说：“有个军阀，南开中学毕业，知道张伯苓（南开大学创建人——笔者注）校长办学有困难，就筹集资金，全力支持老师，把自己好几个妾休掉，好几座院子卖掉。学校办了半截，资金再次出现短缺。军阀自己得病要死了，病床上立下遗嘱：哪些钱不能动，如数给张先生送去。有句老话，叫知书达理，知书容易，达理很难。这军阀却做到了。”

还有一个军阀叫张宗昌的，是山东督军，许多人把他骂得一文不值，老树却喜欢他的真性情。张宗昌斗大的字不识一个，却也好学上进。他请来清末山东状元王寿彭当他的老师，教他认字作诗，后来觉得状元教得不好，便把状元轰走，自己任性来作，还把自己的诗印成了诗集《效坤诗抄》，广送亲朋好友。

有一次，老树在图书馆里看到一本非常薄的小书，竟然就是这本《诗抄》。打开一看，随意翻到一首，就让人忍俊不禁：“忽见天上一火镰（指一种比较久远的取火器物，由于打造时把形状做成酷似弯弯的镰刀与火石撞击能产生火星而

得名。从前农村还比较盛行，现在已很难见到它的踪影——笔者注)，好像玉皇在抽烟。如果玉皇不抽烟，为何又是一火镰?”

老树评价一个人的好坏，在于这个人是否有真性情，是否质朴天真。他喜欢张宗昌，就是喜欢他的天真，喜欢他有孩子般的好奇与顽劣。而现在许多人性情尽失，外表正人君子，内心男盗女娼，“那有啥意思?”

他告诉我，在南开大学中文系学习时，“教我们的好几个老师都是西南联大的。词学老师叶嘉莹，是老辅仁大学出来的，顾随先生的学生。顾随先生正是一个性情率真之人，述而不作，通达，善讲，培养出像叶嘉莹、周汝昌、史树青、吴小如等这样的好学生。包括杨宪益的妹妹杨敏如先生，如今九十多岁了，我们请她来讲课，两三个小时，也没讲稿，就讲一首苏轼的词，纵横千里万里，神采飞扬”。老树很庆幸自己从这些学者那里，感受到与众不同的气息。

1993年秋天，老树与朋友一起制作一册《旧中国大博览》的大书，时间段落在1900年至1949年10月之间。每天他会坐在图书馆期刊部一张靠窗户的大桌子前，口袋里揣一屉猪肉包子，小心地将泛黄的杂志一页页打开，《良友》画报、《北洋画报》、《现代画报》，甚至《明星》画报等刊物，翻过来又翻过去。一个凝固在图像中的民国时代走到了老树的面前。

2.

关注当下，关注自己切身的生存体验，并由此体悟到人生的道理，是看老树画画之后的心得。

老树自己也说，道不远求，要重视切近的经验与内在体悟的大境界。事实也正如此，老树自己的生命活动，所熟悉的文化与环境，构成了他画中真实的生活。

就拿老树画的花花草草来说，很多人都很喜欢。我问老树："你喜欢植物吗?"他回答："岂止是喜欢。"

老树的老家在山东农村，这些花花草草生在他的童年记忆里，包括小时候割的猪草，采的草药，爬过的大树，摘过的野花野果，全部真实的在他生活里存在过。

他说："我放学回家要去打猪草，哪种草是猪爱吃的，哪种草是猪不爱吃的，我得知道。春天，我要去挖野菜，哪种野菜有毒，哪种野菜可以吃，都得了解。对于我来说，这是基本的生存经验。包括挖中药，那是当时一个山野小孩唯一的挣钱方式。我有一本中草药的书，我看里面的插图，粗略算算，我至少认识上千种中草药，采过的也有百十种。采来就是为了卖钱，非常具体，多少钱一斤，我都知道。春天挖柴胡，搁山坡上晒干了，一大担挑回去，卖掉，得几块钱，然后去买铅笔、作业本、蘸笔用的蓝紫色的墨水。我和植物建立的关系，是经验后的记忆，不是写生。前年，我画过一张半夏的画。那是因为小时候，夏天口渴，挖到几个半夏的球茎，吃起来挺脆，吃完以后就口吐白沫了。幸好几个成年人路过看到了，把我弄回家，我爷爷熬了绿豆汤灌我，才救过来。这是生死的经验，经历过了，一辈子都不会忘记。所以，对于很多城市里长大的孩子，没有这种切身经验的人来说，花花草草是想象，对我来说却是记忆。花草树木，我闭上眼睛就能想到它的结构，枝子叶子是怎么发的，花是怎么开的。”

因为花草树木，因为乡村的经验，缓释了如今的老树许多的焦虑。每每走神，想起乡村和花草树木，一幅作品就诞生了。就像他在一幅画上画的，那长衫男人坐在一棵梅花树下，旁边配诗：“一树梅花在空山，我去看她忽然开。我欲下山花问我，明年你还来不来?”

但老树又不想做归隐田园的陶渊明。他说：“古代人可以逃到山里去，盖几间房，开几亩地，自给自足，活着不是什么大事。可现在呢？这就算是违章建筑了，马上会有人找你。在今天，避世、隐居不现实，主要是隐在心里，在心里远离尘世。而我的画就是避世。”

而画也在拯救他，或者如老树自己所言，这是他缓释自

己压力的良方，是精神的游戏和体操。他说：“创造力源于自由，也源于焦虑，最好的表达是在焦虑中寻求一种自由的想象、挣扎。”

“我只要做到对自己诚实，你骗天下不可能骗自己。很多人，有钱了，焦虑了，抑郁了，死掉了。人很容易从内心走出来，看到大家欢呼，看到大家给钱，于是有了一个壳，这是不对的。古人说‘抱一’，‘守一’，就是希望保持个人内在世界的完整性，不轻易走出去。”

老树说，他画画的过程，就是他在镜子里看清自己是谁的过程。“人性的一切毛病和优点，比如残忍、贪婪、善良、悲悯，我们都有。我们还远远不了解人性，它比我们认为的要复杂得多。我努力地通过自己的思考、阅读、创作来接近它，了解它，最终也是为了了解自己。”

对于今天的老树来说，画画就是他日常生活的一部分。每天，他在微博上，面对看不见的无数的人，如对一面镜子，发一张小画，小心翼翼，如履薄冰。他在镜子里照见他自己。这个镜中的影子，或许也是我们每一个人。

岜農

壮族音乐人，瓦依那乐队主创兼主唱。出生在广西壮乡，毕业后分别在北方和南方的城市工作十余年。2006年在广州组建瓦依那乐队，业余时间参加一些音乐活动。2012年，岜農开始整理自己十年的日记式音乐作品，并与乐队朋友及村民等录制完成《那歌三部曲》。除此之外，岜農自行绘画插图，设计唱片装帧，并创作一万余字壮族口头文学式的神话叙事诗《那诗》，2015年3月一并由刀马旦唱片合作出品发行。2015年，他回到老家广西，把旧房舍改造，耕田唱歌，与搭档一起实践自然农法。

岜農：低头种地，抬头唱歌

文 | 华诚

> 生活绕了一个大圈，还是回来了。这样也挺好，“吃够了在钢筋水泥丛林、茫茫人海中奔波的苦，吃够了生命时间被工作安排分割的苦，才能像现在这样懂得欣赏珍惜乡村生活的美好”。

岜農是谁?

一位音乐人，一个乐队的主创兼主唱。

一个从城市“逃离”回家乡，一边种田一边唱歌的70后。

岜農出生在广西南丹县黔桂交界处的壮乡，从家乡的学校毕业后，在南方的城市学习绘画及设计工作。后来陆续回家栽种水稻，并开始整理音乐作品。2015年5月份，岜農回到老家广西，建造房舍，耕田唱歌，实践自然农法至今。

有一天，我无意中听到岜農的歌声，一下子就被歌声里的自然与真诚打动。然后我通过网络找到了他。那时岜農已经整理了自己的音乐、绘画、诗歌作品集《那歌三部曲》，由刀马旦唱片合作出品发行。

原生、乡土、纯粹，是岜農以及他的乐队的特点。在那流淌出的清澈音乐里，你能够感受到如诗画般的美，宁静而深刻，自然而温暖。

乐评人杨波这样评价他们的音乐——“像鱼从水里游过，或雨从天上落下来，瓦依那没有花什么力气，即做到了赤诚且纯净的表达。”

而我，则从岜農的音乐里，听到夏夜的蛙鸣，春天的花开，以及秋天的麻雀拍打翅膀掠过稻田，汗水在谷粒间啪啪滴落的声音。

离开城市，回归乡野，很多人开始选择内心真正想要的生活。

我问岜農：“你喜欢现在一边种田、一边唱歌的生活状态吗？”

他说：“如果我早知道这种半农半手艺的生活方式的话，或许我会高中毕业后就去游学，学一些手艺之类，然后回家生活了。”

他说，这样生活绕了一个大圈，还是回来了。这样也挺好，“吃够了在钢筋水泥丛林、茫茫人海中奔波的苦，吃够了生命时间被工作安排分割的苦，才能像现在这样懂得欣赏珍惜乡村生活的美好”。

现在，岜農随性自由地安排时间，主动任意地设计种植自己的食物，随时偶遇路边野花交替开放，野菜任意享用，劳动歇息时听山鸟唱鸣，回家路上看永远不一样的晚霞泼彩山水画等等，处处感到美和幸福。现在的岜農很享受乡村的“无聊”，和一草一木的乐趣。

田野里，放牛娃的演唱会

华诚：岜農你好。你出生于哪一年？你是从什么时候开始，发现自己有音乐天赋的？

岜農：华诚好！我是1979年年底出生的，差不多就是80后了。大概是高中毕业二十岁左右，那时开始学弹吉他，弹了大概一年，学会弹唱蛮多经典歌曲。后来慢慢觉得自己的心情用那些名曲已经不能准确地表达了，又处在那个多愁善感的年纪。所以自己就摁着吉他找符合自己情绪的声音和节奏，发现能轻松弄出些契合自己情绪的声音，再加上心里想表达的话语，就成了歌。

虽然当时身边朋友觉得我在瞎玩，但我自得其乐，就一直保持了用音乐来抒发自己情感的这个事。也是那时起，觉得自己有一些音乐天赋吧。

华诚：小时候你在老家田野上，也唱歌吗？

岜農：小时候自己并没注意到自己音乐上的爱好，因为从小一直在绘画能力方面比同龄人突出，所以一直觉得绘画才是自己的天赋。是后来回想起来才记得自己小时候的确蛮爱唱歌的。比如有一次在田野上给放牛的小伙伴们表演演唱会，让大家在低一层的田里听自己在高坎上唱歌，表演各种投入的动作。那个时期好像是受到当时流行的港台明星的影响。还有一次坐在树荫浓密的李子树上摘李子吃，觉得心情不错，村边野外又没有人，就开始模仿歌星的样子自我陶醉地唱歌，唱得正动情时，我二姐突然出现在李子树下，被她笑话了，自己害羞得从树枝上走得飞快，那种害羞的感觉现在都还记得清楚。到了高中时期听的歌更多了，也经常在假期进山里放牛的时候，趁山谷中没有人时就大声唱歌。

华诚：说说你在乡下生活的故事吧——比如，少年时印象最深刻的事情是什么？有没有什么特别的记忆？

岜農：我从小一直在山村生活，直到高中毕业以后开始外出学习和工作。我的家乡在黔桂交界一个县城周边的农村。这里属于喀斯特地貌山区，也就是岩溶石山群，壮语称为“岜”的石山。村子四面青山环绕，有河流溪水。西南大通道

的火车从远处群山的山洞里穿行出没，然后从村子前的田野上轰鸣驶过，又消失在群山后。这些就是我整个童年的大舞台和大课堂。童年美好回忆基本上是在村子和山野里，要说起深刻的事情就太多了，在田地里摘瓜果、进山里砍柴、放牛、做游戏、听故事、钻山洞，等等。

除了游戏奔跑的快乐，帮家里干活的那个劲也时常想起，虽然当时是辛苦的。成年后好几次遇到体力不支的情况，比如徒步、登山或一些过量的体力活，到体力透支、考验耐力的时候，那一刻我脑海都自动连接到小时候在山路上扛柴火的画面。小时候的长假，村里的小伙伴都一起到山里放牛，在山里砍柴。傍晚赶着牛群回家，每个人扛着一捆自己砍的柴火，走在牛群后面。山路小道，牛群走得慢，我们常常咬牙忍耐肩膀疼痛，慢慢前行。每次都自己挑战自己，尽量走得更远一点。因为当时的小伙伴们都是这样，自己也不能示弱，所以就这样锻炼了那股耐力。直到现在，这个耐力还在给我自信和力量。

华诚：你在哪里读书的？

岜農：小学到高中一直在家乡当地读书。高中毕业后读了一个学期的大专，后来退学继续参加美院考试，当时想考八大美院当专业画家。后来英语不上线，一直不能实现理想，就开始工作。

去地铁卖唱，到半路又不敢去了

华诚：在北方工作，又在南方工作，主要是做什么？可以说说其间的酸甜苦辣吗？

岜農：北方只在天津工作一个月，主要在南方工作。做过摄影后期美术编辑，和杂志社的美术编辑及其他平面设计。

我并不是很上进的那种人，除了在自己的爱好上比较折腾，其他工作都是做好就好。因此，工作时也不是很拼，总体来说也算不上苦。但毕竟还是要做这些工作来生活，换个角度说，这些辛酸才让我更明白和珍惜自己想要的生活。

记得有一个寒冷的冬天，我从需要开灯的封闭的美工室走出大街来透透气，看到一个乞丐慵懒地坐在马路边晒太阳，突然觉得自己比乞丐可怜多了。

后来就辞职，心想再也不做那行了。但后来为了买录音设备又得去接些活来做。所以现在自己很珍惜自己半农半歌的生活。

华诚：就算是在四处流浪的生活当中，依然没有放弃音乐吗？

岜農：从读书到工作，我一直都把音乐当作业余爱好。但不管是背着画夹到处画画，还是背着行囊四处工作，直到现在的回家种田，身边都有一把吉他相伴。

玩音乐都是利用业余时间，只不过一直玩，时间久了就显得专了，跟正事没有太多冲突。

工作几年后，倒有过放下工作去玩音乐的想法和纠结。有一年我远行去天津工作，朋友和老板要给我一点股份，让我长期留下来工作，我那时犹豫了。那份工作几乎没有独立时间，也就没有业余时间去玩吉他了，就觉得实在憋不住。也是在那时，我感觉自己很需要音乐。

甚至也有过“是不是音乐爱好干扰了我专心做设计工作”的念头。所以那时很想做个了结，就辞职回广西，不上班，纯玩音乐。

一段时间后，由于设备、排练场地、生活费等原因，又难以持续。心灰意冷之际，才来到南宁朋友的画室辅导人画画。那段时间，反而以简单的自娱自乐的心态创作了第一部作品《飘云天空》的部分内容。所以世事很奇怪，从这个角度来说，也算是一直没有放弃音乐吧。

华诚：为什么想到有一天会组建一支乐队？

岜農： 当时在广西写了好多歌，但没有太多知音吧，觉得有点孤独，于是就去广州找一个也是做原创音乐的朋友玩。过去后朋友帮推荐参加了一个音乐电台节目。节目出来以后，在广州的原创音乐圈有蛮好的反响。于是朋友继续帮策划了一场小的专场演出，就正式取了乐队名字，组了乐队。取名"瓦依那"乐队，汉语大意为"稻花飘香的田野"。

华诚： 能不能说说乐队的故事？说两三个吧。最艰辛、最心酸的故事，或者最快乐、最无忧无虑的故事。

岜農： 最早想做乐队，是我刚工作的时候。那时在家乡县城的摄影店工作，业余时间找了三个喜欢音乐的高中同学，其中一位成员鼓手索力，也是跟我合作最久的一位，因为他也没有固定工作，可以到处流浪。记得他在学校也喜欢弹吉他，当时看到他在街头无所事事地晃荡，就想邀他一起来玩乐队。聊了以后，索力很感兴趣，于是回家让家里卖了一头猪，得了八百元，我再集了五百元，这样买到了架子鼓。加上另外两个也很穷的同学一起，在县林业局小区租了一间房子开始排练。但是其他设备还是没到齐，只能胡乱玩玩。

接着我和索力先后在桂林和南宁等地工作，都一直带着架子鼓去，每到一个出租房打鼓排练，都被房东和邻居投诉或警告。直到南宁那个出租房，又被房东大骂，突然觉得这套东西太累赘，干脆打包寄回老家，摇滚梦就这样滚回了老家，后来是就着一把吉他一片树叶唱起山歌的。

另一件事就是去地铁唱歌的事。我和索力都是害羞腼腆的那种类型，但是既然想过不寻常的生活就得敢想敢做才行啊。另外，当初我从南宁来广州时也开玩笑说，想到人群最匆忙的地铁去，戴顶草帽弹着吉他吹一片树叶，想感受那种最遥远距离的两种声音的碰撞。

为了去地铁唱歌，我还自己画了一个歌词单印刷，借用之前在佛山电台录制节目的原创歌曲，刻录了一百张光碟。一切准备好了，便鼓起勇气坐公车向三元里地铁站出发。前两次到半路就下车了，借口说就地找地方唱就好，其实是不敢去。

但自己还是想过了这关，最后一次才走进地铁唱起来。唱起歌的时候就很投入很开心了。第一次唱好像赚了九十多块钱，卖了四张刻录碟。第二次去了人流量最大的东山口地铁，那里人太多了，声音盖过了吉他，唱了一会儿治安管理员就来警告我们，于是就直接收摊回去了。就这样，后来觉得地铁并不是听音乐和唱歌的地方，就不去了。这些都是音乐给我带来改变或体验的故事。

归去，归去

华诚：一直在城市生活下去不好吗？为什么会想到有一天还会回去种田？

岜農：说到这个话题，我想聊聊关于《阿妹想做城里人》这首歌的创作背景。有一位老表，高中毕业后和他女朋友一起到城里打工，本来他们打算趁年轻出去找找工作赚些钱，过几年就回家盖个房子结婚生子过生活。数年以后，到了结婚生子的年纪，阿妹已经不习惯山里的生活，而阿哥也想过城市生活，但是在城里安家育儿的条件太难。所以我为他们这种状态写了这首歌。表达的问题也多多少少是我也有的，因为我也要选择在哪里生活。

当然选择是否在城里生活，或城市好不好，跟个人内在条件和外在条件等有关，因人而异。我自己就是在城市学习了很多，最后选择回到山野自然中生活的人。

华诚：为什么想要尝试自然农法？

岜農：从喜欢乡村生活到尝试自然农法应该是对乡村感情的加深，也是对农业现状的一种反应吧。2012年我决定回家寻找水稻老品种自己来种的想法，是在广州工作时萌生的。每次去郊区田野游玩，都看到菜地里一棵草都没有，只有孤单单的菜。田边丢着很多化学药瓶，都是除草剂、杀虫剂之类的。于是意识到自己已悄无声息地生活在一个布满未知恐怖的环境里。于是自己就下定决心，回乡寻找当地传统水稻品种并自己栽种。

在自己进行种田的时候，进一步认识到石油农业化种植的污染和危机。于是开始寻找各种对人对环境友善的农耕方法，并最终选择自然农法进行学习和种植实践。

华诚：种田的收入基本上无法维持一个人的温饱……在村庄里，人们怎么看待你？是不是认为你应该是城市人？

岜農：用经济收入来看待种田，种田的确是件穷苦的事，所以几乎没有年轻人立志要当农民的。

单指温饱，务农是绝对可以满足的。务农之所以被穷苦化，是指农民的经济收入。因为一直以来农产品在整个社会产品交易中，劳动价值比是最低的。比如一台流水线上生产的苹果手机的价格，就等同于我们这一个农人用一年时间种植三亩水稻的市场交易价格。

农业的本源是自给自足。人类进入工业社会，特别是前期这种交易价格差距就更大。所以上一代中国人用务农来支撑新一代农人进入现代化的工业国成为非农人，是极其辛苦的，也导致了现代社会对农人自给自足的错觉。

我从2012年回乡种田以来，实践过各种有机“自然农法”种植。除了2014年连续第二年直播不耕地不除草并且没有时间管理而没有收成以外，其他每年都收四五百斤净米。所以按照现在的饭量一天吃一斤米，也还有剩余的，并且我是在没有施肥打药的情况下的产量。如果再随便种些菜、瓜果，养些家禽，温饱是很容易的。再加上乡下周边物资廉价而丰富，我回家务农这几年，都很少在温饱上花钱，并且还能常常吃到山上丰富的野菜之类的食物。

华诚：重新回到村庄，回到田野，与你当初离开它，感受有什么不同?

邕農：重新回来后更会欣赏村庄了。当初离开村子，因为觉得乡村是荒凉落后无聊的。细想来，其实我自己从来没有讨厌过山村。我一直很喜欢在田野或山中行走，只不过在那个年纪，所有人都往城市跑，自己留在家种田好像的确很辛苦也很难赚到钱，所以是无奈地往外走。

如果我早知道这种半农半手艺的生活方式的话，或许我会高中毕业后就去游学，学习一些喜好的手艺，然后回家生活了。但是这样绕了一圈回来也是挺好的，至少庆幸自己还回得来。也只有吃够了在钢筋水泥丛林、茫茫人海中奔波的苦，吃够了生命时间被工作安排分割的苦，才能像现在这样懂得欣赏珍惜乡村生活的美好。

随性自由地安排时间，主动任意地设计种植自己的食物，随时偶遇路边交替开放的野花，任意享用的野菜，劳动歇息时听虫鸟唱鸣，回家路上看永远不一样的晚霞、泼彩山水画，等等，处处感到美和幸福。我现在很享受乡村的“无聊”，和一草一木的乐趣。

华诚：说说你的创作状态吧，比如在哪里写诗，什么时候唱歌，在村里怎么排练，有没有小伙伴和你一起玩，等等。

岜農：我的创作冲动主要有诗、歌、画这三种形式。都没有正规学习过，全是自发的行为。我自己也想过为什么会用这三种方式来表达呢。最早是喜欢画画，从小就会观察形体，比一般伙伴更能画出物体形象来，然后高考时选择艺术类考试，进入画室学习；高中毕业之际，学会弹吉他，因为弹唱更能直接表达那种充满青春爱恋和离别的感情；刚进入社会那几年，看到社会不像想象中那样美好，在现实和理想的挣扎中，就突然感觉需要文字逻辑来剖析自己苦恼的源头。每次很纠结迷乱时就会写诗，只有写诗才能让思路清晰、心事明亮。我的创作状态就是这样形成的。

而更深入社会生活以后，用绘画和诗歌的方式表达心情比较少，用歌表达比较多。《那诗》是为了表达我整个世界观

的形成过程，由于比较庞大，就选择叙事诗歌来表达。而前几年去泰国清迈旅游时，被当地人种植的花草和鲜明的建筑色彩所吸引，就不自觉地想要画画。所以这些技能，都是它们自己做主、自己出来的。

音乐的创作，像我上面说的，我的艺术是生活的花果。生活本身有很多面，也分成几个板块。一个板块是回来后，经常有很多亲朋好友聚会或者游玩，这种状态，我自己暂时称它为“回到部落”。除了聚会，其实还是一个人的时间最多，自己一个人时就喜欢看山听雨，游走田间，观察各种自然现象，我也想把这种跟自然的交流用音乐表现出来，这也是另一板块音乐创作部分。另外还有在家乡或周边采风得到的童谣或民间歌手的创作等。

我的创作状态有多有少，有动有静，但都是跟自己的生活兴趣走，也不需要刻意规划，一切美好的有意思的交汇，都可以玩出来。

华诚：有多少位村民，参与到《那歌三部曲》里来？他们的感受如何？

岜農：人数没有具体算过，大概有二三十位参与了《那歌三部曲》的录音。主要有村里的小孩、儿时的玩伴和本地的同学朋友等。像《光亮/虫立（萤火虫）》这首童谣，音乐创作里有一段童谣，就是小时候和村里的小伙伴们一边追逐萤火虫一边唱的。所以录音时也邀到他们大部分人来一起唱。

平时，大部分伙伴都外出务工的，刚好是过年大家都回家，在一次聚餐后就顺便邀大家来一起录的。大家聚在一起唱歌很开心，很快可以找到回到童年的感觉。歌声可以让人放下各种成人的芥蒂，来到童年一样开心的聚会中。这种气氛即使有音不准的也是无所谓的，或者说这种混合才是最准确的乡音。

华诚：你现在这种生活状态下的心情是怎样的？

岜農：从2012年每年春耕秋收回家，到2015年我全身而退，回家过半农半歌的生活。也就是我发行唱片《那歌三部曲》巡演结束就回家了。《那歌三部曲》是我十年的音乐成长式的记录，是自己找到自己的回想曲。接下来就是走进歌中去生活，不只是停留在歌唱和向往，而是去建造生活，建造家与乡。

开始决定回乡还是担心经济来源等问题的，后来发现在乡下自给自足的状态很容易达到。这种状态让我换取了很多自己的时间。直到现在，我都很珍惜很快乐。

华诚：你一天的作息是怎么样的？

岜農：我一直希望自己日出而作日落而息，但事实上大多数时间睡得比较晚。一般是早上巡一下田，回来做些音乐或手工等室内完成的事，到了下午四点太阳西斜，天气凉爽的时候再到田地里做些农活，直到太阳落山才迎晚霞回家。不同于在城市里的晚睡，在城里基本上是看电影、上网等导致晚睡。而在家乡，特别是自己打造的种满植物的院子和向南面山的客厅，在早早就安静极了的村子里，常常独自捣鼓一些乐器或喝茶或品自己酿的酒之类，以及发呆，有了睡意就去休息。

华诚：现在你喜欢唱歌吗？

岜農：有心情就唱。一般都是朋友来喝酒吃饭后唱着玩乐。平时自己很少唱歌，更多时候是在把玩乐器或琢磨新创作的歌，就是以在新的情绪新的表达状态中为主。最自发的可能是在大自然中开心了就喊起歌，或者朋友聚会喝酒高兴了一起唱歌。一高兴就唱。

华诚：你会一直在乡下待下去吗？

岜農：我也不确定会不会一直在家种田，世事无常嘛，但我想不管在哪儿活着，我应该都会自己种一块地，依靠大自然。

华诚：眼下你最想做的事情是什么？

岜農：目前很满足于游田哼歌的状态。我是一个对自然事物和美的生活很有好奇心和体验欲望的人，喜欢玩的事很多，计划做的事业不多。有朋友问我要不要做些事，我觉得自己是根据大家的需要，大家需要我，我也觉得有意思，就来做。应该是自己懒的原因吧，条件有限，就做自己喜欢的事，条件好了就做更多自己喜欢的事，哈哈，听起来很自私啊！

一　心　&　造　物

张晓玲

出道在武汉，立业在杭州，几十年琢玉修得玉石般的气质。喜茶，更喜旅行，相信缘分，以善良之心待人接物。经历了大千世界的繁花似锦后，现今在武当山下，几近归隐，每天面对玉石，一点点雕琢内心的安稳现世。

张晓玲：吃茶半日闲

文、图 | 也斯

> 炭盆生起了火，火焰不能太旺，老人在炭火上覆盖一层炭灰来控制温度。然后在炭盆上架一个竹罩，再把放着茶叶的簸箕架在竹罩子上，提香开始了。一个多小时后，茶的清香飘满了屋子。

朋友说，张晓玲那里有好茶，吃茶去，于是得缘。

茶是晓玲的私好，她真正的身份是中国玉石雕刻大师。琢玉之余，她以茶修性、以茶养心、以茶结缘。

客来时她放下手中活儿，整裳、净手、入座、煮水。晓玲泡茶可以使人入静，洗茶、冲茶，杯盏在她手中流转有致，如行云流水。她心思专注，不发一语，低眉垂目，平宁从容，任凭那些灵气的叶子在壶中翻旋舒展，及至茶水入盏，茶香四溢，令观者噤声，过程如若参禅。

和晓玲相识缘于茶。晓玲秀外慧中，敏于思而不善言，但是如果一杯茶在手，喝着喝着，她的语调便流畅起来，慢声细语，温润如玉、沉静如茶。

那日，深秋的阳光透窗而来，人、茶、器上似涂敷了一层薄薄的金光，杯盏中散发着似有似无的茶香，那番吃茶的景象也算得是浮世半日的清闲。

1.

1978年，晓玲初中毕业，父亲对女儿说："去学点手艺吧，以后不管路怎么走，世道怎么变，你一定有口饭吃。"晓玲被父亲送进了武汉一所琢玉的专业学校，毕业后进了武汉玉雕厂，从此与玉结缘。从学徒做到师傅，再到厂里顶尖的那个。这几十年与玉相守相伴，她成全玉，玉又成全她。

无数朴拙之玉石，经她之手，便成了有情之物。她琢的玉经得起时日的消磨，经得起玩玉人犀利目光的千般挑剔。她琢的玉可细细看，慢慢品，如果将其摩挲于指掌间，除了感受玉无与伦比的温润剔透的喜悦之外，细微处则可见琢玉之人的性情精神，清丽如人，是那种含着人间烟火，却又绝无杂念的清喜。

晓玲懂玉。她喜琢和田玉，和田玉乃玉中珍品，是国人心中流传几千年的神话，在晓玲眼中则是神物。她琢玉从不跟风，而是以心随玉，最后巧夺天工。每一块玉在她和夫君的眼中都有生命，是孩子。一块玉料到了他们手中，都会被细细拿捏琢磨，从不肯轻易下手，生怕坏了玉石与生俱来的天然品质。

赋予玉一种怎样的生命情态，除了琢玉之人的技巧，还要考量修养学识。琢玉如修炼，人琢玉，也是琢自身的七彩玲珑之心，需平心静气。

玉料到了他们手中先得经过短则几天，长则几月，甚至更长时日的构思。有时夫妇俩画了草图还不放心，还要再做泥塑模型，直至无有缺憾才肯动手。

琢玉之日，夫妇俩闭门谢客，几乎足不出户，将滚滚红尘挡于一门之外，而他俩则潜心于一室，乐石不疲。琢心中的清风明月，丹凤朝阳，也琢烟火日常的玉佩玉饰。身心只倾于玉中，日子过得混混沌沌，不晓得今夕是何月何日？晓玲的夫君和我说过一个笑话，有次晓玲出门剪发，要付钱时，才发现钱包没带，回家要开门了，到处找不到钥匙。平时晓玲出门，夫君总会关照她："查一下，钱包带了没有？手机、钥匙带了没有？"生活上晓玲常处于无心状态，然而一开始琢玉，她便精力充沛，专心致志。有时一件作品完成，抬起头来，窗外已物转景移，春去秋来。

他们的朋友有时很不理解，问："你俩关起门来，做那么

长时间，能卖几多钱？你们这不是傻吗？”朋友不解他们对玉的痴心，好像他们太不懂得生活。当然这一路也只有他们自知，错过了人生多少风景？又错过了多少经商获利的机会？凭借着不懈的追求，他们最终一步步踏上高处，在他们成就玉的同时，玉也成就着他们。

十多年前，晓玲的作品开始被业界认可，那方“香自苦寒来”曾被当地玉友誉为“武汉最美玉”。2005年她的《绿松石雕罗汉图》获2010年全国工艺美术百花奖铜奖。2011年晓玲获“中国玉石雕刻大师”称号。这本是个以男性称雄的行业，全国140多位玉雕大师中，女性只占区区三席，晓玲跻身其中。

他们的家开始高朋满座，访玉者、观玉者络绎不绝。

茶便在此时悄然进入晓玲的世界。

2.

每当朋友来访，她总是以茶续情续缘。

一壶上好的茶便成朋友间交心的最好媒介。团团而坐，来客虽不尽相同，浮世之风且让之穿堂而过。一壶茶就是一个世界，清谈至夜半，天南地北，海阔天空。因为有茶，那些个平常的夜晚，就变得有情有调。

吃茶，赏玉，结缘。

因茶起缘，又因茶得缘。在朋友聚会吃茶时，朋友邀请他们到杭州来看看，这一看，他们又与杭州结下了不解之缘。

2010年，晓玲参加良渚杯玉雕比赛，作品获奖的同时，良渚玉文化园清幽的工作环境深深地吸引了他们，夫妇俩应邀从武汉举家迁往杭州，在良渚玉文化园开辟了自己的工作室——玉清莲。

于他们来说，杭州是个全新的世界，所有的一切都得从新开始。然而仅几年的工夫，玉清莲便以其出水芙蓉般的品质在业界突起，同时也吸引了杭州众多玉石玩家的目光。至此，玉清莲不仅仅是一方琢玉之地，也成了茶客的聚会之地。

杭州本是茶乡，遍地茶楼温养了一批茶人，而前来观玉之客通常也善茶。懂茶的朋友这样评价晓玲泡的茶："同样的茶经由她手沏出，那茶味又胜一筹。"晓玲泡茶以心法为重，她说："泡茶如琢玉，要用其心、倾以情，方得真味。"

琢玉之余，吃茶赏玉也是夫妇俩的嗜好。每当一件作品完成，便温壶泡茶，相对而坐。茶香氤氲中，你看看，我摸摸，品头论足，会心之时，眼神相遇，温文体贴的知己。晓玲的夫君说："摸摸玉的头又摸摸玉的脸，看着看着，我们俩常常会一个人看着另一个人笑起来。"

夫妇痴玉如此。

3.

“你看看这是什么茶?”晓玲拿出一盏茶叶。

青碧的小盘里盛着弯曲成芽的茶叶，叶子上有一层浅浅如霜的白毫，闻一下，茶香盈鼻，还带着淡淡的草香，沁入心脾。

“福鼎白毫银针。这是上好的福建白茶。”晓玲说。

任何东西都只有在比过之后，才会分出个高低，茶叶也一样。晓玲喝过很多茶，红茶、绿茶、黑茶……当喝到福鼎白茶，才发觉这一款茶最对自己的路。喝了两年的白茶之后，他们生出了寻找白茶的想法，那么神奇的茶究竟生长在怎样的地方?

2014年，晓玲和夫君从杭州出发到福建黄冈山寻茶，他们要找的白毫银针生长在福建福鼎黄冈山上。

茶乡四月，天空明净地蓝着，盘山公路蜿蜒在大片的茶园和竹林中，满山都是一垄垄茶树，像是从前女子用钩针钩成的横纹毛衣，深深浅浅一路绿到山顶。

翻山越岭，随着盘旋向上的公路，转了一个又一个弯，村庄出现了，几十户人家错落有致。像中国大多数山区的村庄一样，年轻人都在城市打工，守候村庄漫漫光阴的只有老人和孩子。

他们去的那家也一样，儿女都在外经商，家中只有七十多岁的二老在照料几十亩茶园。爷爷的脸被太阳晒得像包公，于是大家称呼他包公爷爷。

正是白茶采摘时节，晒场上铺满了一匾匾新鲜的叶子，原来这白茶不同于一般茶叶，采摘后，无须炒制，只要晒干，就可收藏或冲饮。

到了中午时分，满晒场上的茶叶齐刷刷地都不见了。原来，白茶娇贵，中午的阳光太毒，村民们都把茶叶收进家里，等过了正午，再一匾匾搬出去。这样搬进搬出好几天，那鲜嫩的绿叶渐渐自然收缩弯曲成细长的芽叶，茶也有了淡淡的草香。但是上好的茶叶，还需一道工序——炭火提香。

提香是一桩费时的手工活，对温度、时间的把控非常讲究，这手艺正在失传，现在的年轻人大都不会这项手艺了，因为有机器可代替，但是机器烘不出炭火的香味。

夜饭之后，包公爷爷把手洗了又洗，他说，提香要靠手来翻动茶叶，如果手上有油腥味，就会带入茶叶中，这是犯了制茶的大忌，白茶就怕串味。为了保证茶的纯正口感，村庄中没有人养猪，甚至连鸡鸭都很少养，因为怕家畜的气味串到茶叶上，影响茶叶品质。

白茶还怕油漆，几百年来，村庄里造房子，打家具，从来不刷油漆。离他们村庄不远处有一座清朝老宅，里面有999间房，那座老宅里没有一扇门窗是刷过油漆的。第二天，晓玲他们果然看到了那栋门窗不刷油漆的老宅。一百多年的风雨，老宅依旧不失风度。包公爷爷的话还真的不假，这是后话。

炭盆生起了火，火焰不能太旺，老人在炭火上覆盖一层炭灰来控制温度。然后在炭盆上架一个竹罩，再把放着茶叶的簸箕架在竹罩上，提香开始了。

老人不时地用手去测试茶叶的温度，温度高了，就需要翻动茶叶。一个多小时后，茶的清香飘满了屋子。

那个晚上，关于白茶的故事在越来越浓的茶香中慢慢讲述。

“一年茶，三年药，七年宝”。很早之前，白茶在当地是被当作药，在药铺卖的。山民看病不便，碰到小病小痛，头痛发热，咽喉肿痛，或者小孩积食，就泡一壶三年存的白茶当作药来吃。还很灵验，只要几杯白茶下肚，小毛病就自己好了。当地富人嫁女，会在嫁妆中放两只锡罐装满白毫银针。

故事像个传说，但那盏茶叶在我的目光中已有了另外的认识。

阳光斜射在几苇芦絮上，绚丽如花。茶香氤氲，晓玲轻声细语地叙述，还有那盏茶都充满了魔力，使人一念不生。

陆玖

大名张家彬，云南建水人，两个孩子的父亲。最初制陶是为了生活，生活有了着落，手工制作就是乐趣，乐趣又成了他不断创新的动力。大自然中的一花一物，果蔬、竹子、荷叶、树桩都是他眼中的模特儿。做一个有想法的工匠，做独一无二的作品，这辈子就做紫陶。他说，这是福气。

陆玖：壶中日月长

文、图 | 也斯

> 一天只做一件事，做的时候，心眼之中只有这坨泥，全部心思都集中在手指上，身心合一，念起念落，心到手到，忘了周遭，忘了时间，一天的光阴就在指缝中流逝。

出紫陶的地方，流行吃茶是顺理成章的事。

古镇里有无数的紫陶店铺，几乎无店不摆茶桌，逛街的人走进店铺，店家并不忙着招呼，等你看够，你开口问询时，才会走过来慢条斯理地回答。这是古镇人做生意的范儿，不急不躁，尾音拖着升调，语态柔软。

“坐下来‘呼’杯茶！”是店家招呼客人的常用语。茶呼着呼着，话就顺畅起来，不买壶不要紧，茶照样可以慢慢呼。屋外大太阳，屋内凉爽，呼着热茶甚为惬意。

1.

陆玖陶艺铺夹在一溜的紫陶店铺中，在近古镇清远门的临安老街上，相对古镇的东端，这里显得清静。各式紫陶做的茶具，文房用品，壶盏杯盘，瓶瓶罐罐在这里都能找到。

走进陆玖紫陶小铺，是因为铺子很文艺。二十来平方米的店铺，墙面只用草帘子装饰，老旧木头搭成的货架，斑斑点点满布岁月的痕迹，室内只以绿萝、莲蓬、葫芦映衬一把把手工壶，氛围虚静。楼上是陆玖拉坯和烧制的地方。

楼梯下两三平方米的地方是一个小小的制作室，店主就坐在这个连转身都困难的旮旯里制壶，制杯。身边有些随手可得的工具，还有些装着泥巴和泥浆的瓶瓶罐罐。身体结实的他，坐在这样的旮旯里，更显局促。

有客进店，店主说声“慢慢看”，就低下头去制壶。有时，连头都不抬。我第一次进店，他说声慢慢看，就把眼睛放在了那把正在安装壶嘴的壶上。看见他用尺子在壶嘴、壶把上比画。过了几天我又去，他还是说“慢慢看”，之后再也不闻其声。第三次我又去，他还是低着头说：“慢慢看。”

“你应该停下来和我说说话。”

我一说，他抬起头来愣着，疑惑地问：“说什么？”

“说你手上的紫陶。”聊天就这样开始。

“该怎么称呼你?”

“陆玖。”

“你每天都是这样不停地做吗?”

“嗯。”

问一句，他答一句。他的普通话说得让人难懂，有时一着急就说建水土话。当聊到紫陶，他说，喜欢紫陶，还可养家。

陆玖少言。陆玖是他的小名，出生那年，他爷爷赶上69岁生日，故名。他以陆玖为店名，他制的壶也以陆玖为品牌，大名张家彬有时也偶尔出现在壶底。

陆玖的家在建水碗窑村，这个村子是建水紫陶的发源地。如果要追溯村庄制陶的历史，起码可以上溯到宋，至今碗窑村的后山上还有元朝遗存下来的好几处龙窑遗址。那些做紫陶的泥就取自碗窑村后的山上。

山远看是花的，红黄青白紫的土把山堆成了五彩，故名五彩山。这些五彩泥土，经过先民们几百年的琢磨，并以一代代人的智慧成就了建水紫陶独特的品质。

陆玖是碗窑村土生土长的人，但碗窑村并不是所有的人都制陶。陆玖家世代种地，他是家族中第一个做紫陶的人。

2.

陆玖制陶，十来年了，本来人生的路会有很多种选择，而他的路在27岁那年，就只剩下紫陶一条路。陆玖觉得一生做一件事，简单可行，他满意这样的状态。

他算是从小玩着泥巴长大的，入行时凭的是满心欢喜和一腔激情。但等到入了行，要做出一件像样的作品，终究不是小时候随便用泥巴捏个小人儿或是杯碗那么简单。他对紫陶的印象，全凭着上初中时在建水唯一一家做紫陶的公家单位做短工时得到的一些感觉。

陆玖制陶，可谓是无师自通，这中间有过困惑也只有他自己晓得。古镇不乏高手，有省级工艺大师，还有国家级的。但是对陆玖来说，他要评个职称，可能比登天还难，因为他只有初中文凭，现在评职称对学历是有要求的。好在陆玖对这些已经看开，“不想什么职称，我只想做出自己满意的茶壶”。虽然陆玖的作品在省里得过奖，但他并不以得奖而自喜，他说：“得奖不稀奇，最硬的做派是，一坨泥现场制作，这样最考验手工艺人的真功夫，不能弄虚作假。”

由一坨泥变成一把壶，作品传达的是个人的艺术品味，作品的灵气也就是人的灵气。灵感就是念头，如若没有念头，宁可不做，在这方面陆玖从来不肯勉强自己。

说到灵感，他拿出两个紫陶坯子，放在箱子里半月有余，每天有事无事打开箱子看一眼，等待有天想法成熟，他才会把壶做下去。所以，陆玖制的壶和别家店里摆着的不一样，他的壶，不重样，大都是孤品。

3.

两个精致的花器摆在桌上，刻的都是荷叶纹饰，一件繁复，一件简约。

当初制作时，本应是两个一样的作品，大小和图案都是事先想好的。但做着做着，陆玖就生出许多想法，于是两个初心相同的作品便大相径庭。这就是手工的魅力，不会重样，也做不到一模一样。

说着，陆玖又取出一个全手工捏制的荸荠壶坯，这个壶坯他从清早捏到晚上，壶壁的厚薄和外形的掌控全凭手指的感觉。

陆玖最享受制壶的过程。一天只做一件事，做的时候，心眼之中只有这坨泥，全部心思都集中在手指上。身心合一，念起念落，心到手到，忘了周遭，忘了时间，一天的光阴就在指缝中流逝。看着泥巴慢慢变成一把壶的样子，他才惊觉天已黑尽。

一把好的紫陶壶以什么为标准？我问陆玖，书上所谓的“体如铁，明如水，亮如镜，声如磬”这些是紫陶的标准吗？他说，这是紫陶的特征。这样的字眼就像宋朝皇帝徽宗的御批：“雨过青天云破处，这般颜色做将来。”青色是一种怎样的颜色呢？太笼统了，至今都难定标准。看来陆玖并不是不会说话，他心里是有话语的，就是不太会表达得出来。

陆玖说，标准因人而异，其实人与壶相遇，是讲究缘分的，或者说每个人都有其内心的标准。陆玖以为，一把好壶的标准：一是看壶的嘴、把、体这三个部位是否均衡协调成直线；再看神韵，即艺术感染力；三是看壶的装饰，书法、绘画、刻工、填泥、彩填等，这些也是紫陶特有的工艺；四要看实用性，出水是否流畅，关水是否自如。

建水紫陶色泽厚沉，天生怀旧气质。这也是为什么近年来紫陶受到追捧的原因。制作一把紫陶壶工序达到100多道。所用到的工具也有四五十种之多，几乎每个手工艺人都有自己特制的工具。陆玖所用工具大部分都是自己制作，外面买不到的。

有客人要陆玖给他制几十件一样的紫陶壶，但陆玖因为每天的心境不一样，结果做出来的每一把壶看着像，而细节多少都有变化：手工就是难以复制。

4.

陆玖取出两把神韵独具的提梁壶，仔细一看壶盖上都有小片缺损。这是一位山东的客人两年前买走的壶，使用时不小心把壶盖损坏了，心痛之余，客人打电话询问他，是否可以修复。于是这两把壶又回到了它们的出生地。

修复壶盖不是一桩容易的事，不是贴上一块陶泥再回窑烧制就能修复的。必须重新做一个壶盖才能成全其美，但是做一个壶盖比制一把壶更加困难。因为紫陶有着难以掌控的收缩率，紫陶的收缩率远比紫砂要大得多。而壶盖和壶身的密封度以毫来计，配制的盖子会因过大或过小而失败，因此补做一个盖子并不是一两次就能成功，且每次烧制，都不晓得是否会发生一些意想不到的情况。

我说："这么难，你为啥要答应人家?"

"由己及人，喜欢紫陶的人心是相通的，如果不是太喜欢，他不会千里迢迢寄来，请我修复。"

说完，陆玖微微一笑，有点羞涩。这是他常有的表情，厚道相。

有个上海客人，偶然来到建水，这个客人在上海一直做宜兴紫砂生意，当他见到紫陶后，就移情紫陶。他看中了陆玖的几把壶，等包装时，陆玖像嫁女儿一样，又细细地将每一把壶都看了一遍，结果发现一把壶的壶柄上有一丝细如牛毛的裂纹。这样的裂纹只要他不说，客户发现不了，既不影响使用，也不影响美观。

但是陆玖做不到不说。如果不说，肯定还会有下次，久而久之，人的品行就会损坏，还会落下心病。制陶和经营都是良心活，如果不讲诚信，那么再宽的路也会越走越窄。

陆玖的行为在这位客人心里打下了深深烙印。临走他关照陆玖，有新的作品出来，一定要第一个发图片给他。

5.

制壶的心态离入行时的想法已越来越远，当初想赚大钱，可以让家人过上好日子。时至今日，养家或许已经不成问题，而紫陶已融入他的生命，现在的他只想每天就做壶，做一把好壶，把壶做到极致，极致到独一无二。

但是他摇了摇头又说，没有最好，只有更好，这样才能保持紫陶的生命力。他这一代人与上代手工艺人应该不一样，上代人注重实用，风格传统。他这一代则应提升紫陶的品质和品位，让紫陶成为生活中的艺术品，使生活变得更雅致美好。

陆玖的心态也越来越趋宁静，只专注做壶，他觉得只要给他时间，他相信自己能制出更好的壶，因为琢磨是需要时间的。

每当有满意的作品完成，他就用看儿子一样的眼神去打量。欣赏之余，他看到更多的是不足，就像那件刚完成的手捏荸荠壶，我还记得那天他托着壶的表情充满了成就感。但是今天他说，这把壶只能打七十分，因为细节还可以更完美。

张晓刚

江苏邳州人，笔名山鹰。喜欢琢磨，喜欢动手。书画名头不小，都被搁置一边；兴趣爱好太多，总是心有旁骛。总嫌时间太快，恨不能每天多几个钟头。作品追求极致，极致没有顶端，所以他始终都在琢磨。现在浙江龙泉有自己的工作室。

张晓刚：琴箫人生

文、图 | 也斯

古琴拟人，有首、颈、肩、腰、尾，还有足，是中国最古老的弹拨乐器。流传三千年，由盛至衰，又衰极而生。其音绵长流转，变幻交错。如临高山流水，万壑松风，苍苍茫茫间，水光云影，万千气象。又如身置荒郊，数声夕阳，渺渺远远间，空明剔透，神思悠悠。使弹奏者和闻乐者思之，沉之，清之。

斫琴、琢玉、画画，一个人同时要把这几件事都做好，是不容易的，但是张晓刚把这几种技艺都集于一身。斫琴、琢玉、画画，对他来说只是技巧的变换，其艺术根底是相通的，天长日久，他练就一身绝技。每当看见人世间美好的东西，他就会想是不是动手做一个？

画画是他几十年来一直做着的梦，他的画是北派大山大水的风格。本来这也应该是他的主业，但如今画画是他斫琴雕玉之余，放松身心的一种享受。

晓刚第一次见到古琴是在扬州乐器厂，把古琴当作了古

筝，那是在二十多年前，毕业于彭城职业大学国画专业的他，在邳州文化馆搞民间美术创作，几年后辞职，去了扬州玉雕厂学习玉雕。那时扬州玉雕厂和扬州乐器厂相隔不远，他叔叔是扬州乐器厂专制古筝和琵琶的师傅，晓刚有事没事就喜欢去乐器厂转悠。

在那么多乐器中，他喜欢上了古琴。只要有时间就在斫琴师傅身边转，从打样、掏膛、髹漆、定徽到装弦，他都学得认真，有时还给师傅帮上一手，闲下来师傅也会告诉他一些关键点怎么把握。晓刚是个有心人，师傅说的要点他都做了笔记，久而久之，古琴的全套制作程序他都记录下来了。这无心之举，若干年后，还真的派上了大用场。

斫琴缘起夫人

晓刚的第一张琴是为妻子造的。妻子懂琴，弹得一手好琴。

说来也是缘分，晓刚和妻子相识缘起古琴。离异多年的晓刚，一直没有成家。在见到她前，曾动念遁入空门，因被家人阻止，他暂时放下了念头。一次朋友的私人聚会上，晓刚被一曲古琴深深吸引。朋友告诉他，这位女士不仅会弹琴，还会画画，多才多艺，且单身多年没有重建家庭。他们自然而然地走到了一起。

婚后，妻子不仅理解他，还全力支持他做自己喜欢做的事，这样的妻子让经历过一次婚变的晓刚倍加珍惜。

平日里晓刚忙于琢玉、画画，妻子包揽了日常家务。这使得晓刚对妻子一直怀有歉意，他第一次看到妻子画的瓷瓶时，就认定这是个有才艺的人，值得自己用心去陪伴，他以为只有心地美好的人才画得出这样美好的图画。之后妻子自觉以辅佐他为己任，但在晓刚看来这是浪费了妻子的才艺。

妻子喜欢古琴，晓刚决定为她亲斫一张琴。

但第一张琴制得并不顺，在为古琴定徽位时，由于计算上的失误，徽位不准。已经定了的徽被重新挖出再定，反复三次，最后虽然音是准了，但夫人嫌音质不够好。

定徽在制琴过程中是关键的一步。古琴以徽标明琴弦的音位，位于最右侧的是一徽，中间最大的是七徽，七徽将琴弦平分成两部分，其两侧琴徽按序变小，徽不准则音不准。

晓刚自信，他想做的事没有做不成的。妻子说音不够好，那就重做一张。第二张琴在选材用料，制作工艺，打磨定徽等多道工序上做了精密改进。三四个月后，一张回声深远、音色雄浑的古琴终于摆在了妻子面前。这张古琴，妻子一直用到现在，因为经常抚拨，其音色竟然越来越好。

听说晓刚会斫琴，一传二,二传三，朋友们都请晓刚为他

定尺寸

取料

掏膛

们斫琴。

这一做就不可收了，晓刚动了转行的念。年近不惑的他，琢玉常会感到眼力不济，而斫琴对视力的要求相对要低得多。再者，妻子会弹琴，又懂琴，何不让她教古琴，自己也正好喜欢斫琴、制箫。妇唱夫随，这样的生活不就是他们追求的理想状态吗?

琴的成败，选材是第一关

古琴用阴阳两木（一般从古琴整体概念来称呼，上为阳木，下为阴木）才能制成，面板用阴木，腹板则用阳木。面板木料需质地疏松，而腹板须坚硬如石，有清澈的金石音为上品。阴阳相合，琴才会有和谐之音。如果用纯阴木料制琴，琴就发不出高音。

晓刚用老杉木斫琴。为了寻到百年以上的老杉木，他会跑去乡下，在那些将要拆除的古宅里晃悠。这些古宅大都有几百岁的年纪，破败不堪，但是当年建造时用的都是上好木料。他专寻那些无疤无裂，木纹细腻，纹理流畅的杉木，这样的木头经过上百年的干燥，木质干透疏松，其传音和共振更为上乘。每当遇到这样的老木头，他就眼睛发亮，视作珍宝。然后画上记号，付下定金，和房东说定，等拆时通知他。

自古以来斫琴师对材质的要求都极为苛刻，相传唐朝斫琴名家雷威，喜用松木斫琴，选材时凭耳朵辨声。“每逢大风之日，便独往峨眉山中，酣饮之后，穿蓑戴笠入深松中，听其声连绵悠扬者伐之。”不仅斫琴者如此，皇家对古琴的材质更为考究，皇帝为了得到音色俱佳的古琴，甚至派大臣去各个地方寻找适合斫琴的老木。

古琴除了可以用桐木、杉木、松木制作外，还可用杨、柳、楸、椴、桑、柏等材料。但不论选用何种材质，有一个条件是相同的，要求木料年久为佳。

一张琴的成败，选材是第一关。如果材质不好，无论手艺多么高超的斫琴师都造不出音质完美的古琴。但是老杉木越来越少，要找到上好的材料，也越来越难。晓刚不免有些担忧，不晓得以后那些几百岁的老杉木去哪里找？

成就一张好琴，就要不惜工本和时间，用好料和好心情去侍候它

晓刚常常自诩有一双异常稳健的手，这双手琢玉二十年，练就的就是稳，在玉石上刻画长线条时最难，别说喘气，就连吸气都不敢，一吸气手一抖，线条就弯了。以琢玉的功夫用来斫琴，这手上功夫绰绰有余。

定徽

琴腹上雕刻以青龙、白虎、朱雀、玄武为元素的圆形图案。

龙池凤沼上的装饰盖，一般的琴都是裸露的。

从选材、定尺寸开始，掏膛，刨面板，装腹板，装冠角，岳山，承露，护轸，再上底漆，包麻布，刮漆灰，打磨，上面漆，打磨（两次），抛光，装雁足，定徽，装弦，整套流程下来有二十多道工序。纯手工制作，历时三个月，如若老天不照应则需半年以上，一张琴才算是基本完成。

晓刚斫琴比一般人又要多几道工序，他制的琴，琴腹上除了他家的徽记外，还雕刻以青龙、白虎、朱雀、玄武为元素组成的圆形图纹，图纹以黄铜粉鎏金，再以朱砂抹边。每一张琴的图纹都以手工雕刻，因此图纹会有变化，但基本元素不变。龙池凤沼也镶嵌了花盖装饰，这样的做工使得古琴更雍容大气。

他为自己的琴取名“香附”。这个名字曾被很多朋友问及由来。其缘由还是缘于妻子，因为妻子善制香，香和琴，自古就有着难解之缘。不仅古时文人抚琴必焚香，现代人也喜以香侍琴。其二，“香附”是一味中药，其气香，味微苦，解诸郁。这又暗合了弹奏古琴时那层内在意义。

每当琴成，晓刚夫妇就会相对而坐，煮茶焚香试琴。这是他最惬意的时光，他尤喜夫人挑毛病，他说，幸亏有夫人横挑竖挑，短短几年，他的琴就有了自家品性。

琴好不好，就看音质，而与音质相关的很多细节在制作过程中难免会被忽略，如琴面琴底的厚薄就与音色相关。琴面薄琴底厚，或者倒过来，低音弦的音便会显得迟钝沉闷。

当面板和腹板胶合时，用的胶也很有讲究，新鲜的明胶中加少许的鹿角灰混合，琴身就不易开裂。黏合时不能粘太紧，太紧了也会影响音色。还有岳山的高度和宽度直接影响音色，紧贴岳山位置的琴弦与琴面距离不能高过一指，而龙龈处，琴弦和琴面不能超过一纸的厚度。

晓刚对上漆极为重视，他说上漆就好像给古琴穿一件外衣，这件外衣关乎古琴的寿命。漆不能用化学漆而必须是天然生漆。上漆的厚薄也是有讲究的，如第一层漆越薄越好，第二层可以厚点，第三第四层又要尽量薄，这样漆面会更光滑。

还有琴面打磨也有技巧，打磨的时候最好手上蘸点油，以芝麻油最好，靠着手的温度使之慢慢渗入已上的漆中，然后继续髹下一层漆。油漆上得好，琴面就更经得起时光的消磨。

古琴看似结构简单，其实从材料的选择到各个部件的造型及至每个细节都十分考究。要造一张好琴，就要不惜工本和时间，用好料、好心情去侍候它。

斫琴者，都有自家秘诀，晓刚以为最要紧的是要把古琴当作有生命的琴去对待，每一刀，每一铲，不能多点少点。看似不起眼的地方也要用心去体会，只有用心了，才能体会到一刀一铲，以及手法上的差别对音质的影响。甚至斫琴时

装弦，调音

的以及天气、温度、心境的不同，都会对音质产生影响，而用心造的琴是有灵魂的。

斫琴，还需天助

晓刚的工作室在龙泉市内一条僻静的马路边，楼上楼下七十多平方米。楼下一个通间，进门左侧大台面斫琴，右侧琢玉。楼上是他闲来作画、吃茶、品琴的地方。

平日里不管是粗活还是细活，晓刚都喜欢独自一人干到底，妻子心疼他整天一刻不停地做这做那，就来帮他干点粗活。而细心的晓刚则担心粗活会伤了妻子的手。他说，弹琴的手需要特别保护，如果指甲弄断了，或者受伤了，还怎么弹琴？

他也想过收徒弟，但前思后想最后还是决定不收。他看到现在很多作坊，招一些徒弟，批量生产，生产出来的琴一个模样，连声音也差不多。而他不想做大，只想做好。

他相信自己和古琴有缘，更相信慢工出细活，他制的琴一张一个面孔，一张一个声音，或深远雄浑，或泛音飘逸，或细腻柔润，这就是手工的魅力。

有时他也制箫，制箫是随兴的，兴来即做。古法制箫，不是一蹴能成的。一管箫需两天时间才能制成，还不包括去深山中选紫竹的时间。在这个物化的世界，他肯在别人看来无利可图的事物上花时间精力，这也是他的性情所致。箫制成了，自已吹，也送朋友或是买琴的客人。

晓刚相信缘分，造琴更是。他说，小时候在老家，人们出门或者家里要做点相对重要的事情，都会选日子。等到他年岁渐大，经历得多了，对老人们的做派也就多了一份理解。何况对琴对玉他内心自有一份敬重，不敢怠慢。

动手定尺寸那天，他会特意挑天气晴朗无冲无忌的日子。等琴制成，装弦的那天必得选个黄道吉日。晓刚说，这不是迷信，是对天地的敬畏。

古人弹琴有许多规矩，明代一本琴谱上写得明白细致。弹琴须遇知已，逢可人。须值二气清朗，当清风明月。不能在风雷阴雨，日月交融之时。也不能在醉酒后，毁形异服，不盥手漱口。甚至连弹琴的地方也有规定：须处高堂，升楼阁，在宫观，坐石上，憩空谷。

弹琴如此，何况造琴?

大　　爱　　&　　至　　美

路景涛

河北云乡居文化发展集团有限公司董事长，保定市文化创意产业协会会长。资深企业家、创业导师、投资人、学者，兼多所高校客座教授，金融行业专家。创办多家企业，现致力于“中国匠人谷文创小镇”及“中国磨盘柿特色小镇”建设，以文化助推乡村振兴为事业追求。

路景涛：不忘来自何处，也知去往何方

文 | 李小奔

> 我就做我自己，朝着自己的目标前进。有茶时就喝茶水；没有茶时，喝白开水也行；白开水也没有时，喝露水也行。如若能够全情投入，爱一件事，爱一个人，并为之花费一生的时光，那才是一个人真正的幸福……

在开启这场文字的寻美之旅时，李小奔把 Word 文档常用的白底黑字调成了淡绿色的字体。瞬间，她的心，她的眼神，她敲击键盘的手，脑海里的每个场景和片段便愈加柔软了起来。放下，清空。能盛下至善至美的，唯有一颗素心。眼前浮现出一幅似真似幻的图景。

他站在桥上看风景，看风景的人们在看他。

李小奔移步上去，走到他旁边微笑着说：“噢，你也在这里吗?”

他凭栏回首也微微一笑：“噢，你们也在这里?”

说完复眺远方，目光柔和而坚定。顺着他的视线看去，那是一片美丽又宁静的地方。

他指着那个地方说：“你们看，那就是我一路寻找的地方。”

这个五十多岁的男子，中等身材，着黑灰色中式褂子，藏青色毛衣，毛衣领口露出白衬衣的整洁领边。他蓄着时下许多男性都爱留的那种两边剃得只见头皮的板儿寸，肤黑，眉淡，脚穿一双圆口布鞋。岁月在他脸上留下沟壑沧桑，身上还有遭遇过险境的伤痕，却难掩他那扑面而来热气腾腾的激情和异常坚定的眼神。这是个复杂又简单，硬朗又柔软，传统又前卫的男子。

他是谁?

他一路跋山涉水，披荆斩棘，披星戴月寻找的，是个怎样的地方?

1.

初识路景涛，是在2017年年底，当时李小奔无意中从朋友那里得知保定有一个叫柿子沟的地方，“借山而居”的民宿做得很好。民宿是她一直喜欢和关注的事，也是她一个遥远的梦想。

她因民宿而来。怕给人添麻烦，她想对方派个工作人员领着她参观一下民宿，不然的话，她自己打车去看也行，也更自在。没想到老总亲自到高铁站接，还带着她从柿子沟的“借山而居”民宿、乡村图书馆，到大激店的匠人谷，再到九亩竹院艺术家文创园，去看快装修好的乡路美术馆、水在堂·问竹店。一天时间，一场寻美之旅，在他一路的介绍中，李小奔才对他这个人略知一二。

路景涛，河北保定人。河北云乡居文化发展集团有限公司董事长，河北领创投资集团有限公司董事长……他的名头太多，可以写下满满一张纸。旗下涉及的领域和品牌也很多，领创投资、创筹网、兰亭汇、水在堂、九亩竹院、晴耕雨读、“借山而居”，从专业技术到金融、网络、宾馆，再到餐饮和文创。

用他的话说，“除了做地产和开工厂，其他几乎所有的事都干过了”。

他一直站在历史的潮头，时代的风口，行业的前沿。

李小奔问他：“您从事过那么多行业，有那么多丰富的人生经历，有没有一个理想，是从未改变过的？”

他摆摆手说：“那就顺着理想这个事儿说说。我早些年在人生一段低谷期时，和几个朋友办一个小公司，我们到楼下饭馆吃饭，看到旁边桌上别人吃剩下的半盘饺子，我就过去

晴耕
FARMING

端过来吃。这是我多次干过的事儿，不是一次。你信吗?”

李小奔先是惊讶，转而重重点头。

“我觉得很正常，很平衡，没什么不好意思的。粮食嘛，不要糟蹋。咱们吃了它就完了。看起来像要饭吃，但我觉得这不是要饭吃，最起码这不算讨饭。再说，人混到这份上，端个饺子吃又怎么了？我小时候是吃讨饭长大的，我出生在河北雄县农村，1970年时，我家房子倒了，得盖房子，盖房子得管人家吃饭，给钱。生产队里一年只给每人分70斤棒子轱辘（带棒子的玉米），家里穷，缺粮又没钱。盖完房子后，我们大概吃了好几年的讨饭。我母亲和我姐负责到富裕点儿的天津去讨饭，我父亲和我哥负责运输。那个时候，吃那个酸了的、拉丝儿了的馒头，比现在的面包还好吃。我还有个妹妹，人家说是‘白面嘴’，什么叫‘白面嘴’呢，她最小，要回来的白面和馒头都先给她吃，我们都没有资格吃。那些年就是这样活过来的。小的时候天天吃高粱、吃红薯都不一定能吃得饱。所以我那时就想吃白面，天天有能吃饱的白面就好了。

“后来改革开放了，分地了，通过劳动可以吃饱饭了，而且可以饱饱地吃上白面了。就想，什么时候也能一年有‘十二个秋’呢。什么叫‘十二个秋’，就是月月发工资。农民不是秋天才有收入吗？我们农民管那个月月领工资的人叫一年有‘十二个秋’。所以我就想，能不能也有‘十二个秋’。那个时候只能叫梦想，连理想都不算。

“1977年，因为我家庭成分不好，高中没上成。1978年恢复中考，看分，不看成分了。拼分我就上了，重点高中。然后上了中专，分配到一家水产公司上班，我就有了‘十二个秋’，吃商品粮，每月开工资。那时中专毕业就是干部身份，被称为‘二十四级国家干部’，哎呀！老荣耀了。

“后来，到车间干活儿，人家领导开会也不找咱们。那时我就想，什么时候能当干部，有一间自己的办公室，摆点书，自己读书。然后，就上夜大，学日语，那个时候日本的冷冻技术是最先进的。我在我们单位从一般的工人干到车间主任，工作了七年，一直也没有实现我的梦想，没有一间自己的办公室。后来我就离开了那里，到了另一个水产公司，当办公室主任，公司老三，我就有办公室了。那年我25岁。

“这时候又想，什么时候能抽带过滤嘴儿的烟呢，什么时候能买书不再心疼钱了呢。那个时候，我每月工资也就将近两百块钱，喜欢看书，但又不能多买，每次进书店到最后都得做一场痛苦的选择。”

李小奔用同情的目光看着他，笑了笑。

“小奔同志，你别笑，这可是真的哦！我家以前是中农成分，落魄了，咱虽穷，但咱讲究。吃糠咽菜也要喝茶。萝卜皮、萝卜条、萝卜丝、萝卜块也得有四个菜。

“但当了办公室主任后，我发现自己的个性太倔强，不是走仕途那块料，就在1995年下海了。下海后，一路曲折艰险，有过惨败，有过成功。那时的理想就是，什么时候没有外债就好了。

“你知道找人借钱是什么滋味吗？人家不说没钱，也不说不借你。会说先了解了解吧，把你问差不多了，人家说没钱。但是做企业，做到不欠钱是很难的。

“云乡居集团的发展，现在已经慢慢找到了感觉，就是找到了让文创产业如何催动资金流的钥匙，找到了让文化产业和乡村振兴之间互动互赢的途径。

“所以，现在我的理想，就是要做用文化产业来实现乡村振兴的领军企业。

“所有的事情，看似偶然，其实是必然。看似有选择，其实没选择。包括李小奔同志，我们怎么会认识？是吧，人生是充满玄妙的。我想说的是我们在每一刻都必须努力，每一刻的方向就是你的方向，你的方向变，你要尊重它的变。”

李小奔抬眼望着他：“要顺从它吗？不顺从呢？”

“没用！没有用的！我实实在在经历了改革开放到现在中国这几十年来发生的深刻变化。我从一个农村孩子，变成个吃商品粮的中专生。毕业后进入城市还当了干部，后来又办企业，一点儿思想准备也没有，根本不知道发生了什么。后来逐渐清醒，发现自己的命运轨迹已经变了，但对未来却一无所知。

“我们每一刻都活在当下，只要不死，都要拼命奔跑。我并不计较未来是个什么东西，但我永远不会忘记我是一个农民的儿子，乡村是我出发的地方，我只管朝理想而去就是。虽然我的理想随着我的境遇一直在变化，但我心中有一种信仰，如同太阳一样高高照耀在我的头顶。

“启蒙哲学中有箴言：懂得了起源便懂得了本质。

“爱美之心，人皆有之；尚美之道，千古之风。对于善和美的向往，就是我的信仰。它是高于理想的。”

2.

李小奔第二次见到路景涛时，已是次年三月。她和几位青年作家一同去河北采访，书写雄安新区和白洋淀文化。

已至初春，本是春暖花开的季节，天气却依然无常，前两天还穿短袖呢，那几日却气温骤降，居然下起了雪。李小

奔裹着棉衣从湖北十堰“飞”过来。下午到达云乡居旗下的兰亭汇酒店，前台说：“其他几位作家也已经到了，路总交代给你们预留了房间。”

到房间，刚把行李放下，她又收到路景涛的微信：“李小奔同志，到了吗？天冷，晚上我请你们到三楼吃火锅，301。”

她拿着手机笑着自语：“这个人做事真是精细，天天那么忙，还有时间把这些细节考虑得这么周到。”

就着路景涛的时间，约定采访从第二天早晨正式开始。

采访地点是路景涛在兰亭汇酒店的办公室。

天晴了，阳光从窗外洒进来，阳光下茶杯里升腾着热雾。李小奔看了看对面坐着的路景涛，笑了：“您新理了发？”

路景涛开心一笑：“是啊，今天‘龙抬头’呢！”

李小奔打开笔记本：“开始吧，咱们是先展望呢，还是先怀旧？”

路景涛起身拿了块抹布说：“您在这采访，我刚好边聊边收拾一下办公室。您刚说到怀旧，每次怀旧，我都是有限度的，任何时候也不会觉得衣食无忧是真正的好日子，因为快乐总是太短暂了。尽管在我心灵的另一端有时也会空虚、内心极度寂寞甚至精神痛苦，但我仍然不认为应该像从前那样生活。毕竟，烦恼也是有层次的。”

李小奔略有思索："烦恼也是有层次的？"记得弘一法师曾说过的人生有"三层楼"，物质生活是第一层楼，精神生活是在第二层，第三层是灵魂生活。在不同的阶段，就像站在不同的楼上，看到的世界是不一样的。

正在收拾柜子的路景涛，转过身来：

"对，人活着，最要紧的是寻觅到那片代表着生命绿色和人类希望的丛林，然后选一处高高的枝头站在那里观览人生，消化痛苦，孕育歌声，愉悦世界。因为我想要站在那高高的历史的枝头，所以我必须拼命奔跑，我必须要求自己在所从事的领域里，努力成为先锋、优秀的创新人物，领军人物。人站得高些，不但能有幸早些看到希望的曙光，还能有幸发现生命的立体诗篇。

"我做第一个酒店——嘉怡酒店时，就决心一定要把我的酒店做得跟一般的酒店不一样，要环境设施更美，管理理念更超前。嘉怡商务酒店在大厅里挂满了各地书画名家的字画，大厅里四季如春，奇花异草，山石叠翠，流水潺潺，一派南国风情。我们还经常组织一些书画名家来此做艺术交流，很多人说走进嘉怡酒店就像走进了一座艺术殿堂。我们还首创了保定市酒店'3点退房'制度。当时很多业内人士很是不屑地说，一看就是外行人干的事！但是，事实证明这个首创很好，既方便了顾客，也没有给酒店增加什么成本。更让嘉怡商务酒店名噪一时，赢得了很多回头客。”

李小奔想起所处的这个兰亭汇酒店，从外面看没有什么特别，楼不算很高，占地不算很大。但功能很强大，集客房、会议、餐饮、茶艺、红酒体验、书画艺术为一体。修葺以清雅书香为特色，充满着浓郁的文化氛围和艺术气息。酒店里面每个房间的布置也是北方酒店少有的精致，酒店和客房里的一束花，一幅字，一面壁画，一件艺术品，每一件都独具匠心，很有设计感；二楼的水在堂茶室一号店，相隔又相通，相融又独立，光线明媚又清幽静谧。

李小奔拉回自己的思绪，问路景涛：“您第一家公司是干什么的?”

许是累了，路景涛把抹布放下，坐到了李小奔对面的椅子上，把眼睛闭上，露出几分倦容，缓缓地说：

“我中专时学的是制冷专业，第一个公司就是干制冷设备的，保定市华风制冷有限公司。1995年成立，2005年公司成立十周年时，我主编了一本华风企业文化的书——《家园》。”

说着，路景涛起身从书柜里抽出一本书递给李小奔。她接过书仔细端详，不免由衷赞叹：纯白的封面，左侧一缕墨色，书名“家园”居右上，简洁地处理成原色凸版效果。一晃十三年过去了，这本书现在看来仍然时尚简约，不落俗套。

翻开书的扉页，两行字：

人因梦想而伟大

企业因梦想而生生不息

再看书的内容，从企业文化到励志与行动、管理大师谈管理、冷冻冷藏技术、哲学漫谈、华风之歌……内容涵盖非常丰富，其中大多数篇目是路景涛亲自撰写的。用历史的眼光去看，这个公司的管理理念当时是非常超前的，很多理念就是在现在仍然非常适用。

路景涛收拾屋子很下力气，呼呼啦啦一会儿就收拾到李小奔身旁大大的办公桌上。她放下笔，帮他把桌边随意堆放的一堆书摆放整齐，忽然发现有一本厚厚的书——《执着与灵性——路景涛、薛兰会书法对话录》，“路景涛撰文，薛兰会书法”。

李小奔举起书，甚是惊讶地问：“路总还研究书法？”

路景涛扭头看了一眼，漫不经心地说：“啊，我自己不怎么写，就是喜欢。这本是整理我平时和书法大师薛兰会之间聊书法的对话录，配了薛先生的书法作品。还有一本薛先生的《中国书法线条研究》，里面穿插了上百幅书法作品，我的

雨读
READING

任务是对每幅作品一一评析。”

随意翻到一页，是路景涛对薛先生一幅隶书斗方的评析：

隶书斗方：“大朴不雕”，此作法自《史晨碑》，有素括宏浑、沉古遒厚的特点。薛先生书写时增强了用笔的变化，少许的枯涩，个别的碑味笔法，字与字的照应与对比，更增加了审美的意趣。“大”与“雕”应对，用笔较厚重，“不”与“朴”用笔相对较轻。就章法而言，细细的四道墨线与中间部分的落款名章，组成全篇不能分割的整体，相得益彰、相映成趣。此作借用篆刻图章的形式，颇有新意。

再随意翻到《执着与灵性》两人对话录中的一段：

路：三是宾主问题，我们前边已经谈过，一字之内，必有一笔为主，主笔立定，余笔皆承字脉拱向中心，上下相望，左右回顾，四面相招，八面照应，或向或背，或开或合，或伸或缩，或俯或仰，这个字必然精神团聚，像众星拱月，万象生辉。但是，我仍然希望更多地了解字的主笔在哪里。

薛：我只能说主笔往往是决定该字重心的那一笔，如较长的笔画，可能是主笔，我们再举几个例子，比如：“群”字以竖画为主笔，“暑”字以横画为主笔，“道”字以捺为主笔。

李小奔不可思议地看了看正背对着她专心收拾屋子的路景涛，暗自思忖，真是个奇葩！看那书法评析和访谈，专业而精到，不知道的还以为是个书法评论大师呢，谁知道他是个公司老板啊。

正想着，路景涛一回头，正迎上李小奔狐疑的眼神。继而一笑说：

“李小奔同志，你是不是觉得我天天不务正业呀？我喜欢书法是因为感觉中国的毛笔和宣纸是很敏感的，能把内心最细微的变化表达出来。而且从每一次运笔，到个体结构，再到谋篇布局，都有美学，甚至哲学在里面，读书法也是在读人，读美学。

“我特别向往田园和归隐，几上终南山，差点在那里当了隐士。就说做饭这事儿吧，除了擀面条我不会，其他的我都会。成功与失败的人之间的差别是什么？我认为是思考方式的不同。成功的人做自己想做的事，失败的人经常是被逼着做‘某些事’。

“回顾我的人生路，我不认为我已做得很成功，只是找到了自己最热爱的事业。我现在每天做着有意义的工作，我把我的事业当作我的情人去追求，我用全身心的爱来迎接每一天，我努力把自己想做的每一件事情都做到最好。”

说到这里，路景涛环顾了一下办公室，很有成就感地笑着说：“哎呀！我这个痛快呀！今天干了这么多活儿，你看，办公室整洁多了吧！”

此刻，笑容灿烂的路景涛像个通过劳动得到一支棒棒糖奖赏的孩子。

3.

2017年年底风靡全国的电影《无问西东》，影片开场，是一句点明主题的画外音：

如果提前了解了你们要面对的人生，
不知你们是否还会有勇气前来？……

如果是路景涛，他会怎么回答？

午睡醒来，离下午的采访还有些时间。李小奔打开微信朋友圈，看到路景涛最新的一条朋友圈，只是一张图片，图片上面是路景涛的硬笔手书：“所有的生命都是为了绽放。”

这让李小奔想起路景涛多次说到的一句话：“人生就是要折腾！”

一次晚餐时，几位作家朋友一起听路景涛谈人生：

“什么是路景涛的一辈子？小时候学会了不会骑的自行车；后来跟老板拍过桌子……如果我们的人生像一张白纸，或只是一个简单的平面，一条孤独的直线，那你就辜负了你的人生。我们的生命应该是立方体的。也许我们的人生长度是相对固定的，但深度和宽度我们是可以努力扩展的。深度是我们的思想所达，宽度是我们生命体验的容量。

“你经历得越多，你越丰富，你生命的立方体越大。

“你的折腾是为了拓宽你生命的宽度。

“然后，我们尽可能延长我们生命的长度。

“我觉得我们的人生应该更饱满。我挣过钱，当过官，打过架，干过好多行业，住过大宾馆，也吃过别人的剩饺子。虽然是个理科生，却天天跟人家谈艺术。虽然天天谈艺术，却也很想赚钱。虽然天天去大学讲课，给企业家们讲课，但看起来却像个农民。我的床头从来不会是只有一本书，我对所有新鲜的事物都有浓厚的兴趣，这些兴趣都把我乐死了，也把我累死了！”

路景涛很忙，没有那么多时间再坐下来聊了。于是李小奔放弃了随其他几个作家去白洋淀采访“渔猎人家”和“苇编人家”的机会，接下来的两天以跟访的形式，体验路景涛的日常生活。在他的工作时间里，他去哪儿，她就去哪儿。

下午，陪他去高铁站接香港来的两位客商，又陪同客商到国机集团中国汽车零部件保定产业基地参观和座谈。

暮色四合时，一行人又赶到大激店的九亩竹院，参观路·美术馆、水在堂问竹店、艺术家部落。这时，几个采访的作家也已归来，大家齐聚“晴耕雨读”民宿晚餐。

夜幕下告别，路景涛笑着对李小奔说：“你看，这就是我的生活。”

入夜的大激店静谧安详，路景涛的车渐行渐远，像一个人渐远的孤独背影。汪国真说：“太阳是孤独的，月亮是孤独的，星星却难以数计。”

孤独，孤是王者，独是唯一。

回房间洗漱完，躺在软软的水床上，感觉水的流动像人的肚子在鼓浪鼓浪响。睡不着，想起了之前对云乡居集团策划总监兼副总经理赵树志的采访。那也是一位中年男子，白净红润，温润而风趣。每次一起吃饭，几个作家朋友特别爱听他讲故事。赵树志说：

“路总是个理想主义者。他之前还做过艾格教育培训公司。当时做了一本叫《分享》的期刊，相当于第一代《学习的中国》。里面的教育课程全部都来自北上广等一线城市，顶尖的人力资源，内容包括营销、心智模式训练、金融、策划、财务、生命环境学。路总的知识系统非常完备，这来自他长期坚持不懈的学习和丰富的实战经验。

“路总做什么，都想做到最好。现在云乡居这个企业最明显的问题是模式过新，资金链过紧，规模过大。我是一个策划人，路总是一个企业家，这两者从出发点和个性上来说是有很大不同的。

“我跟他说，你如果把模式缩小到三分之一，或是把每个单个的项目分别启动，我能每个给你装个‘发动机’，你早赚钱了。他不，他说他不要一个个单个开动小货车，他要组装一列动车！

“这些年来，我们彼此信任，彼此相惜。我侧重于战术，路总侧重于战略，我们的远期目标是一致的。我是用一种冷静客观的态度，冷冷的目光看着一个充满激情和冒险精神的企业家，把很多不可能变成了可能。看着云乡居集团的九亩竹院和“借山而居”这些项目从开始的曲高和寡，到现在的逐步被人看好。他可以说是全天奋战，深夜回家，对坐枯灯，孤独无话。他真是用理想在支撑。”

采访的每一个兴奋点撞击着李小奔的神经，辗转反侧中，索性起床，去翻看收集的一堆资料，在一篇关于路景涛的报

道中，有这样一段话：

路景涛的朋友圈通讯录总是保持5000人的峰值，500人的群他有上百个，一年发微信万余条。常常在子夜时分，还看到他在微信中活跃着。“没办法，时间不够用，要想给别人一碗水，自己就得有一桶水，越学习越感到知识的欠缺。有了好的东西就想分享给适合它的人。”

每周四晚上7点半，兰亭汇地下负一层，灯火通明，爱学习、渴求知识的人们从四面八方云集于此，股权、金融、文玩字画、互联网＋……两年多来，100多场的高密度分享，集合起了一个圈子，也在一定程度上提升了保定的城市形象和文化品位……

灯光下，李小奔莞尔一笑，这个路景涛可真是够折腾的，也真是敢折腾。

折腾是要力气的，也是需要心气儿的。

曾看见路景涛在一个深夜转发了一个图片，配文：

暴雨突如其来，卖水果的小贩无处躲避，只能蜷缩在小推车底下，蒙蒙的雨雾下，形单影只的他显得那么寂寥。

那张图片和文字在那时那刻，一定是触到了他心底寂寥又柔软的地方。

他92岁的老母亲春节前中风住院了，一下子丢失了很多东西：语言、记忆力、自理能力。他是个孝子，纵然工作再忙，每个星期都会赶到雄县医院里看看母亲。跟访中，一次商务洽谈途经雄县，他利用间隙中的一点时间，到医院看望母亲。老太太瘦小白净，静静地躺在病床上，像是个婴儿。路景涛俯下身去，轻轻地抱了抱母亲的肩，说："妈妈，我来啦！"

他站在病床前和平时照顾母亲的哥嫂轻声交流着母亲平时的各种细节，哥哥欣喜地告诉他母亲每一次微笑和每一点小小的进步。老太太的眼神时而飘忽，时而在他脸上打量着。让路景涛觉得，母亲在她那残存的记忆里，一定给他留了一个重要的位置。

离别时，路景涛轻轻吻了一下母亲的额头，说："妈妈，我得走了，过几天再来看您啊。"

我们平时见过各种吻，一个五十多岁的男子，这样自然又温柔地亲吻母亲的额头，还是很少见的。那样的一吻是温情而动人的。

出病房，下楼。在电梯门关上的那一刻。背手站着的路景涛，大大地呼了一口气，微仰起头，闭上眼睛。李小奔想起在办公室采访他时，他也有一会儿闭上眼睛说话时的样子。那是一种难以掩饰的疲惫。

电梯到达一楼，在路景涛踏出电梯的那一刻，他立刻又恢复到之前的神采和光芒。

记得张爱玲在《半生缘》里写道：“中年以后的男人，时常会觉得孤独，因为他一睁开眼睛，周围都是要依靠他的人，却没有他可以依靠的人。”

路景涛又何尝不是。在那么多光鲜的头衔下，激情的拼搏中，那种孤独和疲惫也时刻伴随着他。能够支撑他一路前行的，是他对善良和美好的坚定向往和追求。

如王尔德所说：“吾辈皆身处沟渠之中，然其必有仰望星空者也。”

路景涛也总说：“没有人为你等待，没有机会为你停留，只有与时间赛跑，才有可能会赢。我是把每一天都当作生命的最后一天来过的，我一直在拼命奔跑，随时准备跌倒，但我即使跌倒了100次，我也一定会在第101次站起来。”

“善良和美好是我拼命奔跑的目标，是我心海中不灭的灯塔。”

所以他一直拼命奔跑。

若问路景涛:“如果提前了解了你要面对的人生，不知你是否还会有勇气前来?”

他一定会回答:“一定来!”

无问西东，只问初心。无问东西，只管前行。

因为他心中有信仰，即使他有时荷戟独徘徊，但他眼里有太阳，笑里全坦荡。

4.

周一。云乡居集团例会。李小奔继续跟访。

会议地点在九亩竹院的水在堂问竹店。在充满书香茶韵的氛围里。李小奔进来时，公司中层以上的管理人员已经围着一个长长的原木色会议桌坐满了。墙上有一块讲课做板书用的白板。

路景涛正在给大家讲“要学会处理好几种关系”:

“一是要处理好生活和工作的关系。我们是做美的教育，我们要热爱生活，我们要引领生活美学，你连生活都不懂，你还做什么生活美学？没有不懂！只有你热爱不热爱……

“个人与社会的关系、个人和集体的关系、个人和同事之间的关系、现在和未来的关系、重要事和紧急事之间的关系、压力和动力的关系、个人和公司的关系……”

坐在李小奔旁边的是云乡居集团的总经理张玲，同时她也被称为云乡居水在堂“堂主”。张玲指着笔记，很是钦佩地悄声对李小奔说：“小奔老师，路总讲的这八种关系，真是太厉害了！”

路景涛先是坐着讲，后来站起在白板上边写边讲：

“大河没水小河干，企业不好，个人不会好。国家不好，企业不会好！要有团队意识。我要忠诚的员工，忠诚比能力重要！

“不要笑话别人，不要等着看别人笑话！同事之间需要的时候及时提醒一下，及时拉一把，大家进步的空间会更大。

“要有行动力，所有事情是干出来的，想到就干，错了就承担责任。

“要有抗压能力，要提高我们的逆商。就像两口子打架别说离婚。我最讨厌我一说谁，给点压力，你就说离职。那我就视为你想跟我‘离婚’，那就离！……”

从他一句句直击众人心灵的话语中，和大家专注的神情中，李小奔仿佛看到了他在做艾格教育培训公司，在他创办的博雅论坛、创客下午茶时，给众多商界精英激情授课的情景。这不仅是例会，更是一堂很好的职业培训课。

想起之前路景涛的一位合作伙伴说："路总就像一个大火炉，他周围的人就像那劈柴，放进去就熊熊燃烧。"

路景涛对这句话的回答是："一个好的老板，就是要让所有人燃烧。光你一个人燃烧也没什么劲！"

接下来，路景涛安排布置了一些近期需要推动的几项重要工作后，又讲到"关于职业生涯规划"。所有的公司员工在3月底要重新签合同。这个合同是路景涛亲自设计的。入职时间、所属部门、自身优点和缺点、自学与投入、职业规划（三年以后想成为什么）、行动（我该怎么办）、希望领导怎么培养……

最特别的是有一条"想要多少钱"，除了每月工资，路景涛给大家设计了10万到30万的合同到期奖金。员工可以自行填写。合同到期时通过身边领导和同事考核打分的分值拿钱。

路景涛特别强调了这一条：

要钱不丢人，拼命干活儿就得要钱！我给你们评价也不丢人！你们不需要谦虚，如果不填这一项，我就视为你不想跟公司签合同！在这三年，我想带领一群狼，而不是一群羊！

一群狼！李小奔想起正在热播的电视剧《好久不见》里的一个桥段，张国立扮演的盈科地产老板贺文华对他的助理郑志反对重用葛天时，说的一段话："你在我的身边这么久，我很欣赏你忠诚实干，执行力强，但你有个缺点，缺少独立的思考能力，缺少一点狼性！……"

狼性！毋庸置疑，路景涛的身上是自带一种狼性的。

例会结束，路景涛忙着回办公室处理事情，李小奔把在此参加会议的赵树志抓住："赵总，如果不急着走的话，我采访一下您，再给我讲讲路总的故事吧。"赵树志欣然应允。就在水在堂找了处安静的角落，喝茶，讲故事。

李小奔笑着说："路总挺严厉的哈，而且还真是身上有种狼性呢。"

赵树志一笑，把手中正喝的茶放下说：

"他呀，平时很严厉，其实内心很柔软，典型的刀子嘴，豆腐心。我们公司有一个叫王玮的员工，理科男，有很强的逻辑解析能力，擅长开拓研发，跟他说个什么事情，他马上

就能把思维导图给你做出来。但平时比较散漫，个性也强。由于管理中的一个小细节，和路总因为一件小事意见不一致，一气之下就辞职了，自己去开了一个小公司。

“过了几天，我和公司总经理张玲正在办公室聊事，路总双手插兜走进来往椅子上一坐，看着我俩笑而不语。

“‘路总这是什么情况啊？’我俩一起狐疑地看着他，等待他的下文。

“稳了一会儿，路总终于开口了：‘我跟你俩说个事儿，那个前些天辞职的王玮刚去找我了。’

“‘哦，不是辞职了吗？找您干啥呀？’

“‘说他开了一个小公司，钱都花得差不多了，现在需要买辆车，找我借钱呢……’说完用探询的眼神看着我和张玲。

“‘您答应了？！’我和张总指着他，异口同声地说。

“‘啊，是啊，我答应了，这小家伙创业不容易。’路景涛靠在沙发上，挠挠头笑着说。转而又诧异地问：‘你俩怎么就知道我答应了。’

“‘张玲说，咳！看您进来时那怪怪的笑，还有您一贯的个性，就知道您肯定答应了！’

“一年多后，有一天路总又忽然对我和张玲说：‘王玮那小子又跑回来了，跟我说想回来上班。’

“我和张总听后，一起坏笑地看着他不语。

“路总看我俩那表情，挠挠头，咧嘴一笑：‘这小子脾气跟我有得扛，跟我一样倔，他回来，肯定是带着麻烦回来的。’

“我和张总又异口同声地笑问他：‘您又答应了？！’

“后来的故事就是预想中的，路总替王玮还清了开公司所欠的债务，王玮又回公司上班。

“他就是这样，刀子嘴豆腐心。今年春节前，保定下大雪，我们九亩竹院里有连续十几天的开业活动。有件事情，大家执行路总的指令，造成严重失误。在公司例会上，路总把20多名管理人员，像骂大街似的挨个训了一遍。

“晚上回去，他越想越后悔，在公司微信群里像下红包雨似的，扔了好多红包。那天大家真是拆红包拆到手软。

“第二天一早，把大家挨个叫到他办公室，跟人家道歉。

“对此，我和张总很反对，说他：‘你一个董事长，骂就骂了，不能再收回还道歉，有损你的威信，也会影响公司以后的执行力。’

“可他不听，说：‘董事长怎么了，做错事情了也得跟人道歉。我们说以人为本，不是以人为成本，而是以人为资本，尊重人权，尊重人性。企业的真正资源是人。无论是在对客户的服务中，还是在公司内部选人、育人、用人等各个方面，都要体现我们对人永远的关怀与尊重。’”

对于管理，从《家园》里可以看到，实际上十三年前路景涛在对华风制冷企业的管理中，就已经形成了很成熟的企业文化。来，看看他在其中一篇《管理是一种文明》里对管理的阐述：“一个管理者要想获得成功，一是要谋求政治对管理的支持，因为政治确定国家管理的原则，决定管理活动的宗旨。所有的企业‘小管理’，都必须服从和服务于国家的‘大管理’。二是把管理作为文明来对待，即把企业管理领域的体制制度、方法上升到构成民族文明、反映国家实力的高度来认识。在某种意义上，管理是一种文明。它反映着一个群体的素质，也展示出一个群体的智慧。树立这种理念，并由管理实践来支撑这种理念，对一个管理者来说，实在太重要了。”

当年路景涛给华风公司定位的企业精神：“团结合作，永不言败。”

现在的云乡居集团依然适用。

5.

车在公路上疾驰。李小奔和路景涛一起陪香港的客商到雄县看一个有合作意向的项目。现在世界瞩目的雄安新区由河北省雄县、容城、安新三个县组成，这雄安的“雄”字，就取自雄县，那是路景涛的家乡。

一路上，提到雄安，路景涛就激动不已，两眼闪烁着光芒，话语也滔滔不绝：

“哎呀！国家提出建设雄安新区这个创举真是太好了！雄安不仅是中国的雄安，我们要建世界的雄安！你们看在中国几大规划中，京津冀协同发展、长江经济带，官方也只是说百年大计，但中央对雄安的定位是‘千年大计，国家大事’，这样的用词说明什么？说明雄安对于中国来说其战略意义已超越了经济范畴。

“我真的希望大家都来雄安，特别是那些优秀的企业家、年轻人都来这里参与雄安的建设，见证雄安的发展。很多人去过纽约、迪拜、东京，有人来过雄安吗？没有吧？将来会有太多的人要来看咱们的雄安！

“从去年开始，雄安新区吸引来了世界的目光，马云来了，他带来了阿里应用最广的云计算、物联网；李彦宏来了，带来了他最得意的无人驾驶汽车；马化腾也来了；那是现在极具热度的大数据、金融云、区块链……各路英雄豪杰逐鹿雄安。

“雄安建好了，咱保定也会跟着好啊！在雄安的核心区域，再好的项目，不是大企业，落不了地。再大的企业，项目不好也不行。那时，围绕着雄安，在周边会配套高端的康养、文旅、医疗项目，市场会非常大。保定，自古以来都是京城的‘副都’，保定，保卫大都，天下稳定!”

春风催轻骑，一个多小时后到了位于雄县白洋淀温泉城的美芦庄园，这是一个高尔夫球会。七千余亩的占地面积，一百亿元的总投资，纯英伦风格建筑群落，齐肩国际豪宅的庄园标准。

和美芦庄园年轻的主管见面不到十分钟，路景涛就一针见血地提出了美芦应当打造现有的高档休闲别墅 + 五星级酒店配套的建议。

他说:“美芦需要酒店配套，但自己又没有经营的精力。我们有没有这样一种胸怀? 给一个板块让别人做。我觉得做文旅项目，应该把最不赚钱的事情自己做，最赚钱的给别人做，你所有的板块活了，你最后自然就赚钱了。如果我们把赚钱的自己做，不赚钱的给别人做，别人都走了，你也赚不了钱。”

这就是一个企业家的胸怀吗? 路景涛的这番话让人不得不对他高看一眼。后来，还是在《家园》里，李小奔看到路景涛的一篇文章:

“土地不厚，承不了山川海岳: 人心不厚，得不到道义情谊。

“生意做到一定程度，你就不要总是把它抱在怀里，而应适时放下。游离到生意之外，像灵魂一样站在高处看自己，看自己如何有所不为，看自己如何清心寡欲。

“要知道‘分一杯羹给天下人’，知道‘鱼和熊掌不可兼得’。

“把金钱看小，才能驾驭大钱；把自己看小，才是真正的伟大。”

原来，这种胸怀早已经存在于路景涛的心中。

这就是一个企业家和一个纯粹商人之间最根本的区别。

路景涛与香港客商一见如故，相谈甚欢，给将来的合作埋下了一个很好的伏笔。在返程途中，路景涛顺道儿又给不久要举办的全国特色小镇高峰论坛选好了会议地点。

要送两位香港客商到高铁站，告别雄县，一路疾行。

夕阳给大地披上金色的盛装，雄安，这片广袤的待开发的土地，似重重的云雾包裹着的春雷，世界期待着它的第一声炸响……

满城柿子沟，李小奔第一次来保定时就去看过。她当时只是冲着她感兴趣的“借山而居”民宿去的，去了之后她才知道，她本想看一粒芝麻，路景涛却给她看了一个大西瓜，甚至是一片绿意葱葱的丰茂瓜园。

“借山而居”的民宿，时尚高端，但因为区位优势不同，这种模式是不能在她的家乡郧阳复制的。

带着一丝遗憾从民宿出来。路景涛带李小奔到旁边的一幢两层小楼，那是在当地已经小有名气的“乡村图书馆”。走进图书馆，遇见几位政府干部模样的年轻女子，原来是当地妇联来为图书馆捐赠图书。

从进门的那一刻，李小奔就仿佛到了一个久违的故地，又似身至一个久远的梦境。温暖柔和的黄调灯光，质朴的木桌、书架、吧台，一些大的小的，长的圆的南瓜，在墙边或立或卧，仿佛还自在地沉睡在田间的梦里。吧台上的大陶罐里，一束风干的莲蓬随意地或倚或靠。一个女孩正在敲一个小脸盆大小的浑圆乐器，声音空灵古雅，似风似禅……

上二楼，房间里没有隔间，是一个通透的大空间。正值星期天，一群孩子在里面看书、写作业。房间四周是满满的书架，上面摆放着各类图书。几组卡其色素雅的布艺沙发，几组小方桌，小圆桌，适合看书写字；还有一个大大的原木长条桌，四周摆着芦编的圆凳，适合开小会议、办小沙龙。

看着孩子们一张张可爱幸福的小脸儿，李小奔激动地说：“这是我一直以来的梦想啊，我一直想能有一天在乡村有一处房子，把一楼用来专门做公益的文化传播，主要针对妇女和儿童，有很多的图书，有一个就像这样的长长的大木桌，孩子们在那里看书学习，妇女们参加各种文化培训，妇女素质提高了，这个家庭自然就和谐，孩子教育好了，这个家庭就有未来有希望！您把我的梦想提前都做到了！”

路景涛哈哈一笑：“李小奔同志，来，我带你到楼顶平台上看看！”

登上楼顶的平台，路景涛指着前面的村庄说：“你看，我们将三个村子整合，有十三平方公里的区域面积。南边将来会是一个马术场，北边是汽车露营地，我们现在正在抓紧推进路、电、水等基础设施建设，南北大门会先建好，为了明年的旅发大会柿子沟观摩点，我们王在倒排工期，全力推进……”

“这柿子沟的中国磨盘柿特色小镇，是将来为雄安服务的，为雄安量身定做一个集旅游、休闲、康养、度假、现代农业为一体的特色小镇！我们不是要做一个旅游景点或者景区，而是要做一处文创产业，在振兴乡村的大背景下，让文化带来价值，让文化改变乡村。同时，用美去引导一方百姓，去富裕一方百姓。”

“借山而居”其实也是个隐喻，借这方乡土，融文创力量，寻诗意生活。

2016年以来，中国城乡进入“特色小镇”热，全国各地都在积极出台相关政策措施，大力推进“特色小镇”建设。住建部、发改委、财政部提出，到2020年，我国将建设1000个左右的“特色小镇”。

各地蜂拥而上建设特色小镇，社会资本纷纷涌入，各类问题也逐渐显现。然而两年时间过去，特色小镇建设由热而冷，有人依然热情澎湃，有人隔岸观火，还有人已黯然离场。很多人害怕了。

对此，路景涛说：

“有人害怕了，退出了好呀。可以让那些浑水摸鱼别有用心的人退场，让真正想干事、能干事的人冷静安心地做事。我早说过，不是人人都可以做特色小镇的，除了资金实力、政策扶持、运作团队，更重要的是一定要有情怀和专注！”

你会不会觉得路景涛也就是嘴巴一张高谈阔论罢了？不是的，他们是做了深入调查研究的。

去年年底，保定市政府成立了工作组，开展特色小镇专项调研。路景涛是“保定市委市政府策划咨询委员会成员”，政府在成立保定市特色小镇调查小组时，他也成为其中的一员。经过深入调研，他们在今年三月中旬拿出了一份很有含金量的调研报告《特色小镇热潮下的冷思考》，对保定三市六区十二个县共四十个特色小镇进行了深入的调查，客观分析了目前特色小镇存在的问题，并对如何建好特色小镇提出了建设性建议：

保定市是京津冀协同发展的中部核心区域，“千年大计雄安新区”的建立为保定带来了千载难逢的发展机遇。因此，保定的特色小镇发展更应站在国际高度。

特色小镇文化的“特”，不仅在于它有“特而强”的产业，还应该有区别于其他城镇的历史记忆和文化脉络。

特色小镇的发展，特色是“命脉”，差异是“要点”，因地制宜是“灵魂”。特色小镇在产业定位上应力求“特而强”而非“大而全”。

建议我市开设特色小镇专题论坛和小镇联谊会，通过成立特色小镇建设交流平台……

这份报告里，有很多路景涛的思想。对此，他觉得很有成就感：“因为干的事情太多，所以我的社会兼职太多了，但我觉得没什么用，真正有用的我觉得是‘保定市委市政府策划咨询委员会成员’，我们的报告会直接到政府，到市长的案头，为政府做决策提供建设性的意见。作为企业家，我们不要消极地抱怨，要积极为政府提出重要的有意义的建议，让我们的政商生态，社会发展越来越健康，越来越好。”

因为有了这些冷静深入的思考，所以路景涛对中国磨盘柿特色小镇的规划标准是非常高的。在规划上他向来舍得投入，前不久他请了国内顶级的景观设计专家俞孔坚到柿子沟现场查勘，对之前的规划做进一步完善。

而对他的理念不是所有人都能立刻理解的，像他这样一个理想主义的人，又总是试图把自己喜欢的东西，解释为大家喜欢的东西。在一次关于中国磨盘柿特色小镇的论证会上，现场有十几个局长，几个副区长，有不少人表示不理解他的小镇规划，他当时就直率地说：“你们为什么看不懂啊？我非常理解，因为根本就不是给你们设计的！这是给将来的雄安新区设计的！中国磨盘柿特色小镇的所有理念，都是对标雄安新区，我要为将来做文化遗产，而不留遗憾！”

一个人走得太快太远，孤独是必然的。

但每每是这样的人，用激情和坚韧追逐梦想，把烦扰踩在脚下，把孤独甩在身后，一路绝尘而去。

路景涛依然是经常跟很多人说：“来雄安吧！雄安将来的‘住房租赁积分制度’，会让你真正感觉到‘来了就是雄安人’！”

而路景涛对新时代充满了信心，张开臂膀热烈而深情的拥抱。

正如著名财经作家吴晓波在新书《激荡十年》里说的：

在那些岁月，一切秩序都是进步的枷锁，对现状的背叛充满了乐观主义的自信，即便是失败者也仍然那么迷人。那是一段从0到1的创世纪，你若参与，即是荣幸。

路景涛的中国磨盘柿特色小镇，就是他在这个时代里的“雄安”。

雄安。中国磨盘柿特色小镇。

世界如此之新，一切尚未命名……

6.

第23个世界读书日来临之前，从4月18日上午9:17，一直到12:11，路景涛接连推出了七条微信朋友圈。所配文字也让人感觉到他内心的澎湃：

“祖国是什么？！听着朗读者的声音，有点儿小激动！”

“《海棠花开》，真的很想落泪！纪念周总理！”

“人民万岁!”

“情怀，正在盛开!”

“55岁的我感动了一上午！特别是《人民万岁》《海棠花开》《将进酒》，文化艺术的魅力!”

“咚！咚！咚！”连续使用的感叹号，每条文字后带着握拳、流泪的微信表情，可以想象他心海的激情汹涌。家国情怀，人民观，文化情结……

这天，在九亩竹院艺术家文创园举行“寻找最美朗读者”保定市首届诵读大赛，这场诵读赛由云乡居集团承办。从微信推文的时间看，路景涛就在现场全程参与，并被这场诵读活动深深感染。

“你永远都无法叫醒一个装睡的人”，之所以能够被触动和感染，是因为那些情愫原本就深植并鲜活于他的内心，作为一名企业家，路景涛虽然必须要去赚钱，但赚钱向来只是他实现目标的过程或道路，并不是他人生的目的。

十几年前，路景涛到欧洲看到宾馆的桌子上用中文写着:“请入乡随俗，不要随地吐痰和乱扔垃圾。”那一刻的震撼，改变了他的人生目标。

正如他在《家园》里所说:“还是余世维老师那句话，‘强大的民族和强大的企业都是教育出来的’，我一定要为中华民族的教育事业做点儿什么！我要在我的有生之年建所希望小学，自己亲自当校长，并邀请更多志同道合的人共同培育孩子们成长。我还要建一座华风管理干部学院，来保障公司发展对人才的需求。还要建一所老年大学，让那些为社会做出杰出贡献的老人能在那里一边学习，一边度过人生的最后时光，我要让他们快乐地享受晚年生活……”你看到这里，会不会觉得路景涛在唱高调，会不会觉得这只是一个商人为推销自己而制造的一点噱头。不，他一直在认真而坚定地一步步向他的理想走去。

从2016年保定“我的城市我的家”微信平台为路景涛做的一次专访中，看看他致力于公益教育方面的足迹：

2014年，路景涛的创筹网成立。“开放、共享、草根，筹财、筹智、筹人、筹未来”，在这个投资乏门而企业又急需资金的环境下，创筹网采用线上和线下结合的模式，让投资者投得更放心、更安全。并且，平台将闲置的钱聚集起来，去帮助需要帮助的人，在项目、资金、人三者之间，搭建起了一座很好的桥梁，实现全方位共赢。

2015年9月17日，“京津冀优质创新创业项目路演”在兰亭汇会议中心举行，原计划200人的会场吸引了近500人。从项目征集、初选、培训、复选、预演到最终的项目路演，历时3个多月。河北金融学院在校生张浪的“甜心岛”社区蛋糕店、90后范静的搜城网项目也通过创筹网分别得到了10万元的创业基金，雪中送炭让年轻人在创业路上有了一种温暖。

2015年10月13日下午，一场别开生面的“精品茶艺＋精品项目沙龙聚会”拉开了“创客下午茶”活动序幕。从此，每周二的下午，温暖的午后，项目人、策划人、投资人相约兰亭汇，在优雅、舒适的环境中，大家围坐在一起，边品茶边聊天。项目人详细地向大家介绍自己的创业创新项目，投资人认真询问对接，资深专家一对一点评指导，大家在轻松的氛围中面对面交流、探讨，更多的创业者则在一旁聆听观摩，从中获得启迪。“创客下午茶”，既是讨论圈，也是交友圈。吸引了众多有梦想的创业者、企业家、投资者积极参与进来，共谋发展。

此后，艾格创业孵化器在兰亭汇二楼落成。“你创业，我辅导”，路景涛的创业辅导公益讲座活动陆续展开。并且还有公益订制式把脉，在这里，会计、律师、工商以及设计制作、专利申请、软件开发、广告策划等各类服务一应俱全，同时，有创业老师提供24小时一对一辅导。从创业者有想法开始到获取投资，都有人教并帮助完成。

而创筹网、创客下午茶、艾格创业孵化器，这些全部都是免费的，这是保定市最大的公益平台。

“作为民间智库带头人，我希望更多渴求知识、在创业路上奔波的人们加入，在这里收获经验，尽快茁壮成长。想帮助更多的小微企业走上创业之路，并且走好走快走稳每一步。”

没有功利性，只有宽广的胸怀和大格局。

对于财富，对于幸福，路景涛一直有着自己的理解：

人生的幸福不在于你拥有多少财富，而在于你如何运用财富，使财富发挥更大的作用。赚钱不是人生的目的，而只是创造美好生活的手段。用金钱塑造高尚的人格，用金钱换取不一般的人生，才是我们获取财富的最终目的。而使用财富的最高境界则是：“取之于民，用之于民。”

也有人会说你路总有钱了，站着说话不腰疼！

其实这是个天大的误解！我当时在华风公司干了十年，十年间，公司账户上一直有欠账，为什么？不知道！我一直以来对金钱的欲望不那么强烈，只想在有生之年，拥有健康丰盛的人生。

在采访云乡居集团副总赵树志时，他说，路景涛在做华风制冷公司时，因为他为人仗义，就有很多人老欠账。更有一位经营宾馆的奇葩老板，给了他一张可以用十年的宾馆住宿卡抵账。

华风是股份制企业，路景涛作为公司董事长，其他董事也不好说什么。后来，就在一次公司会议记录上，写了一条：“请路总以后不要再给公司制造欠账了。”

看着这条会议记录，路景涛深思之后，在上面签上了离职的决定。他的胸怀和举动让其他董事非常感动。而自他离职董事长之后，华风的效益也保持很好，公司欠账的现象也日渐减少，每年给路景涛的分红也很是可观。

赵树志说：“路总就是仗义，好说话，在云乡居集团的满城柿子沟项目，公司本来要建个饭店，但因为周围有两家村民的农家乐，他就不让建了，说企业不要跟老百姓抢钱，就到那两家农家乐里就餐。”

“人家村里让他扩建个书屋，他给人家高标准建了一个乡村图书馆；人家让建学校，他都一一照做，并且高规格建设。”

李小奔也曾问过路景涛：“乡村图书馆这些建设并没有在你们原本的规划之中，您这样做是为什么呢？”

路景涛说：“做特色小镇得有情怀，有大爱。作为企业老板，不能赚了钱就拍屁股走人。要做一个项目，富一方百姓。我就是想让农民知道，他的富不仅是有钱，还得有文化。一个国家的富，不是总理去代表，而是百姓去代表，特别是农村的百姓去代表。”

“乡村振兴，教育先行。没有教育，多少钱都没用。我们给柿子沟建图书馆，建学校，这都是在做‘美的教育’，这和我们云乡居的企业理念是一致的啊。这种教育的结果，于农民来说是满足了需求，提高了素质；于企业来说，是优化了我们在这里的人文生态，这是多好的双赢。”

柿子沟不仅有柿子，南瓜也很好吃。去年村里的南瓜大丰收，一时之间造成滞销，看着很多农民为了南瓜发愁，云乡居集团打出广告“买农民98斤南瓜，即可免费入住‘借山而居’民宿一晚”。价值1800多元一晚的高端民宿，98斤南瓜，路景涛是有着怎样的价值衡量标准。

采访中，李小奔想起在路景涛的微信朋友圈里看到的参加慈善捐助的事情，问他：“路总，我看到您在资助贫困大学生，有多久了？”

路景涛说，是去年建立了“领创慈善基金会”。

“我自己先拿出了两百万作为基金会里的启动资金。基金会已经与河北金融学院、河北大学、河北农大、保定学院四所大学先签约了四年，每年共二十万，资助四十个贫困大学生。”

“您怎么会想起建这个基金会呢？”

“我就是有这样一个发愿，等将来老了，不想干的时候，就拿出大部分钱捐给基金会，剩下的分给和我一起打拼的弟兄们。”

“哦，不给孩子留吗?”

“关于孩子，我是真的希望他们能成才，能为社会做些贡献，但我不会把公司交给他们来做。我非常欣赏林则徐的一句话：子孙若如我，留钱做什么？贤而多财，则损其志；子孙不如我，留钱做什么？愚而多财，则增其过。”

世间的一切都不是偶然。他的发愿，他的理想，早在十三年前，路景涛就已经在《家园》里阐述清楚了：“人是社会人，生活在社会这个大家庭里，我们时刻享受着别人给我们的帮助和恩惠，所以我们有责任、有义务帮助别人，我们要从事的工作必须是造福于人类的事业。”一粥一饭，当思来之不易；一丝一缕，恒念物力维艰。

就在几天前的一条新闻里，李小奔看到湖北仙桃市委书记胡玖明在检查督办重点企业项目建设进展情况时说：“政府要持续优化营商环境，企业负责人也要有家国情怀和社会责任感。一个优秀的企业负责人，不仅仅应该是‘经济人’，更应该是‘家国人’和‘社会人’，要更加力行‘经济人’的思进，不忘‘家国人’的思源，坚守‘社会人’的思报，以扎扎实实的工作实绩，回报政府和人民对企业的希望与厚爱。”

再去衡量路景涛，他不正是这样一位具有家国情怀的优秀企业家吗?

在一起跟访中，李小奔远远看到一位路边的乞丐，随口问路景涛:“如果您此时恰好没有开车，从一位乞丐身边经过，您会给他钱吗?”

路景涛专注地开着车，不假思索地回答:“会，我一般都会。”

“如果是骗子呢?”

“骗子也给，若是生活得好，他也不会出来做这种事情。”

“是在布施吗?”

“不是，我从来没有觉得是在施舍，我觉得是一种彼此的成全，我成全他的生活需要，他成全我的善意。”

路景涛的这个回答，让李小奔觉得，这比他为柿子沟建乡村图书馆，比每年资助贫困大学生二十万，更加令人动容。

不要有施舍心。最温柔的善意，从来不是赤裸裸的同情。当善意增加了尊重的色彩，不动声色，才为真善。

正如泰戈尔说:“不要从你的口袋里直接取出勋章给你的朋友，这是在侮辱他。”

再说到电影《无问西东》，虽好评如潮，但也难挡差评。正如一篇影评里所说:

大部分给差评的，不过在于三个字——“你不信。”

你不信，在一个吃不饱饭的年代，还会有人舍命救鸽子。

你不信，有人愿意丢掉荣华，丢掉高贵完美的人生，而甘愿跑到落后乡村，成为空中的一缕英魂。

你不信，有人宁可直面深渊、粉身碎骨，也不肯背叛理想，放弃坚守自己心中对的东西。

你不信，因为你怕，你没勇气，你做不到。

无问西东，只问深情！无问西东，只问敢勇！

“赚钱不是人生的目的。”李小奔相信路景涛的这句话。

并且相信，他心里向美而生的善意和大爱，其实已经超越了家国情怀，已经宽广到宇宙，深情到人性。

若是想解其根源，怕是要从他一直向她推荐的那一套《与神对话》里寻找答案了……

7.

来到大激店里的匠人谷•九亩竹院艺术家文创园，李小奔觉得甚是亲切，因为曾和它有过一面之缘。去年年底来保定时这里正进入装修的尾声，工人们正在加班赶活儿，为十天后的开业活动做准备。

大激店是一个有3000年历史的古村落，位于保定市西南，唐朝时为驿站，明代为兵寨，清朝则为水陆两用的码头。静静的百草沟河自西向东绕村而过，一村六桥，百步三桥。这里古柏经世纪，国槐逾千年，既有古村文化之厚重，又有现代生活之勃勃生机。

九亩竹院就在村东的百草沟河畔。

就像人与人一样，彼此的味道很重要，味道对了，就是对视一秒也能一生难忘。那冬日初见时，她古雅又现代，奢华又低调的味道已经让小奔着迷。

春日迟，卉木萋。万物复苏，驭风而行。经烽火台路，过百草沟河，但见一处大门，左侧矗立着一块两米多高的钢板，它形似打开的书页，上书两竖排文字“九亩竹院｜艺术家文创园”。钢板未经任何修饰，任风吹雨淋，日照月抚，坦荡荡赤条条地站在那里，黄色的锈迹遍布，岁月的履痕尽染。“九亩竹院”四个行书大字是镂空的，俊逸，空灵。旁边的一行小字“艺术家文创园”用竖条钢板制作，黑底，白字，颇具现代气息。这大门处的标志，元素丰富，匠心独具，让人对这处院子更生出几分好奇。

再见九亩竹院，她淡妆素衣，盈盈而立。九亩竹院自然得有竹，院子里处处竹影，或一排排依墙而立，或一簇簇相偎低语，或一棵棵清静独思。

“曲径通幽处，禅房花木深。”寻着竹林向里走，右侧一处独立建筑，那是乡路美术馆。它的门口标志也十分独特，没有常见的那种或悬或挂的大牌匾，只见入门处左侧白墙上，两行横排凸起的黑色小字，上面是“LU”两个字母组成的logo，下面是“乡路美术馆”，简约、时尚、低调、雅致。那一组黑色的小小文字，后面大片的留白，留给你无尽的想象。像一叶小舟，航行在无边无际的大海，孤单又坚定，微小又博大。那广阔而未知的世界，等着你来探索……

李小奔久久看着那面墙，忽然指着那行字，转身笑问路景涛:“路？路景涛的‘路’？”

“不，不是姓路的‘路’。是从生活的当下，通向艺术彼岸的路。是做美的教育，引领美好生活的路。”

路景涛望着那logo，眼中的水潭很幽深。

“哦？……是吗？”李小奔歪着脑袋调皮地问。

路景涛不语，狡黠一笑。

入得馆内，便走进了一个艺术的世界。这是一个很有设计感的大型美术展览中心。馆内精心布置了各种展品，油画、国画、雕塑、陶艺，和我们惯常看的美术馆不同，这里的艺术品，可展、可触、可买。还能看到一组雨伞和笔记本的展品，单说那雨伞，材质就有布、丝、纸、塑料，样式、图案更是独特，上面标注的收藏人是路景涛。

李小奔指着那雨伞问:“您的?您还收藏雨伞和笔记本啊?”

路景涛轻轻抚着一把雨伞说:“是啊!我喜欢雨伞和笔记本。可能是出身农村,有着很深的农民情结,所以我喜欢下雨。你要知道,特别对于我们北方的农民来说,下雨就意味着给农民省了很多钱,可以增加很多收成。”

“记得我才上班的那年春天,干旱很久的保定下起了雨。我那个高兴呀,我父亲可以省钱了啊,家里这年就有好收成了啊。我就跑到院子里站在那里痛痛快快地淋雨,在雨中高兴得落泪。结果心里是痛快了,人却被淋得发了三天烧。

“这就慢慢养成了爱买伞的嗜好,到苏州、厦门、台湾……看见喜欢的伞就买,哎呀!买得我老高兴了!现在总共得有一百多把吧。

“至于笔记本,各种材质、大小、式样,每一种都有设计者的灵魂和语言在里面,也是很有意思的文创产品,我是为了将来写回忆录的。”

“哈哈!您不仅可以写回忆录,您的经历可以写成小说。”李小奔说。

“是吗?那我先得想个可以畅销的好书名,《从农民到艺术家》怎么样?或者《一个“赌徒”的一生》,还有《一百个城市和一个梦想》……哈哈!都行!……”

展厅的中间起了一个高台，这就让展内形成了一个“回”字形状，比那种一览无余的展馆，多了几分曲径通幽之趣。高台的两面是两处背靠背的茶室。原色竹子组成一排竹墙，每根竹子之间有一拳的间隙。

“这美术馆里设置茶室倒是很有新意哈！”

“嗯，你觉得怎么样？”

“我觉得很好呀，这种设计使得这茶室与外面的展厅既相融又相隔，几分独处的自在，又不完全拒绝外面的世界。观展，品赏，再坐下来喝杯茶，不错啊。”

“嗯，有人说我们在这美术馆里设计茶室，不专业。我说，胡说！那是你不懂。我又不是做专业的学术展馆，写学术论文。做专业，你能超过中国美术馆吗？也正因为那种高大上的专业，而离我们老百姓太远啊。美术馆最理想的状态是融入生活，建成生活美术馆。我要做的就是‘生活美学教育’，引领人们对美好生活的追求。”

李小奔想起前一天路景涛和保定一位画家王一帆商谈画室时两人的一段对话：

“路总，我想把画室搬到你匠人谷里的美术馆。”

“我们合作多年，我当然欢迎你的‘春竹画廊’入驻，会给你最大的优惠，而且所有画展，同等条件下，由你优先。

但是，美术馆里将来或许还会有秋竹画廊、冬竹画廊……你不要排斥，我希望是满园春色，而不是一枝独秀，因为大激店需要更多的人才能拉动起来！你办讲座，做美的教育，你得给自己找到根。你不能把自己当成一个画商，画商不值钱。

“我们尊重所有的艺术家，谁来做展览我都欢迎，能帮时就帮一把，但我们也不求他，不受制于任何人。我们广结三教九流，无爱无恨。直奔自己的理想而去。老恨别人，你会累死。老爱别人，你也会累死。

“我们大激店匠人谷的理想和目标就是做华北地区的文化高地。”

美术馆楼下，是“水在堂·问竹店”。

八百平方米的空间，似一个共享客厅。吧台左侧，沿着地板上一个长长的木台，摆放着青年作家周华诚策划的“雅活书系”，《草木滋味》《古珠之美》《乡间游戏》《古画之美》《飞鸟物语》《慢走啊，小时光》……“生活不光有粗粝，还要有艺术”“一茶酬岁月，一酒伴人生”，这套书系置身于此，自是十分的相宜，也与大厅深处的高高满满的“书墙”遥相呼应。

茶服、咖啡、茶道、各种纯手工的文创产品，大厅通过物品的摆放自然而然地形成了一个个小区域，既相对独立，又空间共享，你可以静听内心，也能够感知外部世界的流动。

李小奔看到茶台上放着一个紫红色的金属器物，有种似曾相识的感觉。只见它整体浑圆，上面有八个舌片，分别标注着五音1、2、3、5、6，另还有三个下面带点的低音。旁边放着两个小巧的鼓槌。看来这是一款乐器了。哦，她忽然想起，是第一次来保定时在满城柿子沟的乡村图书馆见过的。

堂主见李小奔很感兴趣，过来介绍说，它叫谷磬。“磬”是汉民族历史上最古老乐器和礼器。黄帝使伶伦造“磬”以来，“磬”便广泛用于宫廷雅乐、盛大祭典上。而这谷磬，则是融合现代工艺技术和音乐理念设计而成的最年轻的古典乐器。“它还有名字叫无忧鼓、空灵鼓、手碟鼓、刚舌鼓、Hang Drum……但我喜欢叫它谷磬，因为它在我们匠人谷，它的声音也如在深谷一般空灵。我给你来一首《彩云追月》。”

堂主鼓槌轻落，音色婉转空灵，悠扬澄澈，让人回归宁静恬怡，灵妙平和之境，真好。奏罢。堂主把鼓槌递到李小奔手上说:“你看着乐谱试试，10分钟就能上手。”

李小奔手痒一试，果然，很好掌握。便笑说:“这谷磬好啊！我这不懂音律的人也能很快学会，孩子们肯定喜欢，可以成为孩子一件很好的玩具呢。”

堂主说:“我们今年的‘中国匠人谷——小匠人公益培养计划’活动，已经开展了好几期谷磬培训了，而且除了谷磬培训，我们还开展了活字印刷、扎染、面塑、书法等活动。”

“我们的‘小匠人公益培养计划’通过组织手艺人、匠人、非遗传承人，家长带着孩子们亲自体验各种传统工艺的制作，感受非物质文化遗产浓浓的魅力。这个活动很受欢迎，每一期的活动都非常火爆。通过家长和孩子们的笑脸，我们感觉到做这件事有多大的意义。”

堂主又说：“现在的孩子动手能力差，而小匠人培养活动就是要锻炼孩子们的动手能力，让他们知道老祖宗是怎么创造出那些优秀的传统手艺来的，他们以后再继承和创造就有了根。”

上楼，出门，看见美术馆的一面墙上还悬挂着一块横幅“中国匠人谷——小匠人公益培养计划”，鲜艳的红，在白墙之上分外耀眼而热烈。

李小奔心中也热热地沸腾。小匠人培养，真好，这才是匠人谷所有活动中最美好、最具生命传承的灵魂。

美术馆的左侧，是沿着百草沟河自西向东而建的五十五套居所。专为艺术家和匠人而建。每套房子风格各异，室内的各种生活用具，大到家具、床、沙发，小到一桌一灯一花，全部布置妥当，更有一对一的贴心管家服务。此心安处是吾乡，在这里，你只管静心读书、创作、享受生活。时间走得很轻很慢……

从前读过冯唐的一首诗，名为《可遇不可求的事》：

后海有树的院子
夏代有工的玉
此时此刻的云
二十来岁的你

这满院的风声竹语，这梦里的百步三桥流水潺潺，可比冯唐北京后海那处有树的院子，月问风，风问你，你问自己，可是喜欢？……

爱美之心，人皆有之；尚美之道，千古之风。

无论是大激店里的匠人谷，还是满城的中国磨盘柿特色小镇，抑或是兰亭汇，虽主题不同，目标不同，但“做美的教育，引领美好生活”是共通的。

路景涛对此很自信：习近平总书记说“人民对美好生活的向往，就是我们的奋斗目标”，我们就是这句话的践行者。“艺术最好的状态，还是和生活在一起。”所以我们一直在做“生活美学”，要让美学，让艺术接地气，让老百姓过更美好的生活。有了这个理念，我们的目的性变得简单了，多余的东西放下了。这时，你会突然间发现心智反而会更加澄澈灵活，很多事情会做得比以前都好。

这是一种顿悟。

路景涛以前做过很多事，走过很多条路，很多路走着走着，就走不通了，然后他又开始寻找新的路。而他现在找到了“生活美学”这把钥匙，一下子把他之前所走过的所有的路都打通并串联了。他现在不是在走一条路，而是拥有一片广阔的路网。他无论行走在多么复杂的环境里，都不会再迷茫。

一如《无问东西》里梅贻琦校长所说：“什么是真实？你看到什么，听到什么，做什么，和谁在一起有一种从心灵深处满溢出来的不懊悔，也不羞耻的平和与喜悦……”

这是一个血液里有火、灵魂中带风的人，总是渴望炽烈地燃烧，追求更新更美好的事物的脚步永不停歇。“耕读共同体”，是路景涛在“九亩竹院”和“借山而居”民宿之后，又推出的一个新构想。他要通过九亩竹院艺术家文创园和中国磨盘柿特色小镇，以“同话、同好、同创、同享、同在”的方式，为人们打造一个共同共通的精神空间，一个共爱共享的生活平台，传递一种高端生活方式。进而把会员变成业主，把业主变成合伙人，实现云乡居和业主的利益共享，并形成共同追求幸福的信仰。

从开店，到经营一种精神空间；从卖产品，到构建一种美好的生活方式。路景涛在把“云乡居”推向一个更广阔的空间。世人常说有两件事最难：一是把自己的思想装进别人的脑袋，二是把别人的钱装进自己的口袋。对于这两者，路景涛都想做；非但如此，他甚至还有更大的雄心。“耕读共同体”，就是这样的雄心——他想团结一群人，用10年时间，在100个村庄，建1000个耕读小院，团结10000名耕读公社社员，和1000名艺术家设计师一起，建100座乡村民艺图书馆、10个耕读农事学院，只为了一个使命：文化助推乡村振兴！

这是多么宏大的理想。然而，对于前景，路景涛却充满信心。他说，梦想，总是要有的！何况这是一群人的梦！

每当路景涛说到未来，都会很笃定：“云乡居想传达给大家的就是——向美而生，认真生活。因为对美的追求，是人们变得认真的动力，而这种认真生活的态度是每个人终其一生的归宿。”

“我就做我自己，朝着自己的目标前进。有茶时就喝茶水；没有茶时，喝白开水也行；白开水也没有时，喝露水也行。如若能够全情投入，爱一件事，爱一个人，并为之花费一生的时光，那才是一个人真正的幸福……”

一如孙衍说：“我们跋山涉水穿越红尘，抵达的不是远方，而是内心最初出发的地方。”

路景涛还在拼命奔跑，但他不忘来自何处，也知去往何方。

“愿我出走半生，归来仍是少年。”怀着一颗天真赤子之心的人，走多远，他仍会记得自己是为了什么而出发。

乡居文丛 耕读 CULTURE

主　编　路景涛

副主编　贾慧献　赵树志　张艳玲

策　划　周华诚

撰　稿　《渔猎：消逝的渔歌》
草　白　小　麦　周　围　邓志庚

《苇编：以手抵心的生活》
周小麦　王加婷

《柿曲：一枚果实的巅峰时刻》
周华诚　郭　琳　小　麦　卜　冬　成向阳
陈丹玲　蔡立鹏　王　寒　周　围

《素心：极简至美的时光》
李小奔　一大碗　宛小诺　村　上　赵统光
周　围　彭治国　也　斯　简　儿

插　图　刘　硕　老树画画　金　雪　赵统光

摄　影　林长庚　盛　春　周华诚　成向阳

鸣　谢　云乡居文化发展集团·耕读共享计划